二見サラ文庫

ステラ・アルカへようこそ
～神戸北野 魔法使いの紅茶店～

烏丸紫明

Illustration

ヤマウチシズ

C O N T E N T S

麗し双子の優しいマリアージュ

「――ボツ。やり直し」

「っ……！」

厳しい言葉とともに、デザイン案を突き返される。

すうっと身体から血の気が引いてゆく。結果を予想していなかったわけではないけれど、それでも一週間かけて作り上げたものを迷いもなく一刀両断されれば、やはり堪える。

胃がねじ切れそうに痛む。私は唇を噛み締めた。

「……これで四度目のリテイク……」

「そうじゃないんだよねぇ～。千優」

私――橘千優の教育係でもある工藤由香里先輩が、私を見上げてため息をつく。

「今までのテイストを継承するというのは、そういうことじゃない。これじゃ、ただ単に過去のものの焼き直しだよ。そうじゃない。お店のリニューアル・オープンなんだよ？ 新しいお店のためのショップカードとチラシなんだから。今までお店が大切に守ってきたイメージはそのままに、だけど今までとは違う新たな一面を見せなきゃいけないの」

「……はい……」

「依頼内容、もう一度復唱してみて」

「……『過去のテイストは守りつつ、まったく新しいものを』です……」

「そう。表面的に似せてしまったら、手にした人は新しさなんて感じないよ？ 今までのテイストも感じられるけれど、まったく新しいデザイン。求められてるのは、それ」

私はうなだれた。言っていることはわかる。クライアントに求められているものも。

でも、それをどう紙の上に表現すればいいのかがわからない。

焦りとともに、暗くて黒々しい――ドロドロとした嫌な思いが、胸を占める。

ああ、どうして私はこうなんだろう？ 小さな仕事すら満足にこなせない。私だけだ。同期の子でも、この程度でつまずいたりはしないだろう。

ショップカードのデザインで四度もリテイクを出すなんて。先輩なら……ううん、同期の子でも、この程度でつまずいたりはしないだろう。

この程度と言ったけれど、私は決して、この案件を小さな仕事と軽んじているわけじゃない。私にとっては、ようやく任せてもらえた大事な仕事だ。

それでも、同僚がもっと大きな案件を任されて、それをどんどん精力的にこなしてゆく姿を傍で見ているからだろう。自分との差を感じずにはいられない。

自分の未熟さを、駄目さを、これでもかと思い知ってしまう。

いや、それだけならまだいい。駄目なのが仕事だけならば、まだよかった。

でも、私は人としても駄目で——。

「……ねぇ、千優。ちゃんと休んでる？　ちゃんと食べてる？」

「……え……？」

先輩の心配そうな声。一瞬何を言われたかわからず、私はのろのろと顔を上げた。

「……すみません。ええと……？」

「ちゃんと休んでるか、食べてるかって訊いたの。顔色、ひどいよ？　完全に土気色だもん。目の下のクマも日に日に濃くなってるし……。千優？　締切まではまだ間があるし、あんまり思い詰めちゃ駄目だよ？」

私は俯いた。

今は三月に入ったばかり。四月半ばの締切までは確かにまだ間があるけれど、でも今だって、一週間かけて練り上げた案がわずか一分で無に帰したのだ。現状何もつかめていないことを考えると——一ヶ月半の期間なんてあってないようなものだろう。

確かに、一週間ほど前から心は暗く沈んだまま。ここ二、三日は、まともに眠れてさえいない。当然——食欲もない。体調はもちろん最悪だった。つまり、休めてもいないし、食べてもいない状態。

だけど、この不調は、むしろ精神的には救いだった。仕事も上手くいかず、あまつさえあんなことまでしておいて、それでもよく食べ、よく寝られていたら——私はどこまで駄目人間なのか。それこそ立ち直れなかったと思う。

先輩の優しい気遣いは——嬉しいけれど、心苦しい。心配をかけてしまってることも。

私は、先輩に気遣ってもらえるような人間じゃないから。

私は、徹底的に打ちのめされるべきなんだとさえ思う。今、先輩の目の前に立っていることすら、おこがましい。

私がしたことを思えば、激しく叱責され、みんなから罵倒され、居場所も何もかも失い、路頭に迷うぐらいじゃないとわりに合わないはず。

「……っ……」

私は唇を噛み締めた。

ああ、それなのになぜ、私はまだここに立っているんだろう——？

「ねぇ、千優。北野に有名な双子がいるんだけど、知ってる？　表情筋が死滅した兄と、表情筋が誤作動を起こしっぱなしの弟」

「はぁ……？」

突然、話が明後日の方向にかっ飛んで——私はポカンとして由香里先輩を見つめた。

もちろん、意味がわからなかったにしたって、『はぁ?』はない。後輩としてあるまじき態度だった。間髪容れず頭を下げたけれど——え? 何?

「北野、の……?」

「そう。双子」

「いいえ……。知りません……」

首を横に振ると、先輩は私を見上げたままデスクに頬杖をつき、悪戯っぽく笑った。

「お兄さんのほうは、魂をどこかに落としてきたんじゃないかって心配になるほど無表情なの。息はしているし、動いてもいるから、生きているのはわかるんだけど」

「え……?」

「対して弟さんは、笑顔以外の表情を見たことがない。いつも笑顔。常に笑顔。すこぶる笑顔。酔っ払いに絡まれて怒った時ですら笑顔だった。むしろ、その時の笑顔はいつもの三割増し。もう、輝かんばかりというか」

「怒っているのに、いつもの三割増しの笑顔……?」

どうしたら、そんなことができるのだろう?

思わず、ぺたりと自分の頬に手を当てる。表情なんて、胸の内が自然と出てしまうもの。

そりゃ、私も愛想笑いぐらいできる。腸が煮えくり返る思いをしながらも、必死に笑ってその場を収めることもある。むしろ社会人ならできて当然、ほとんどの人は日常的にしていることだろう。だけどそれは、今後のことも考え、『ここは怒ってはいけない。喧嘩をするべきではない』と総合的に判断した上で無理やりやっていることであって、今まさに酔っ払いを撃退しながら通常の三割増しの笑顔を浮かべるのとは、あきらかに質が違う。

確かにそれは、『誤作動』といって差し支えないだろう。

「……それは……」

「まさに『表情筋が死滅した兄と、表情筋が誤作動を起こしっぱなしの弟』なの」

私は頷いた。そのエピソードを聞いただけで、どれだけ的確な表現だったかがわかってしまった。

「ええと……つまり、両極端で、とても変わっているから有名ってことですか？」

「それもあるけれど、一つ重要な要素が抜けているかな」

「その双子、びっくりするほどイケメンなの！」

先輩がピッと人差し指を立てて、再度ニヤリと笑う。

「……へ……？」

「つまり、キラキラ笑顔が素敵なのは言わずもがななんだけど、無表情は無表情で造形が整いすぎているのがばっちり強調されるから……なんと言うか、非常に鑑賞しがいのある双子なんだよね」

先輩が「さらに」と言って、ズイッと身を乗り出す。

「表情はもちろん、雰囲気なんかも両極端なんだけど、でもじっくりパーツごとに見ると やっぱり似てるのよ。それも、かなり。それがまた双子の面白いところでね？　いい？ 千優。パーツはとてもよく似ている。間違いなく、同じルーツを感じる。だけど、彼らの 持つ雰囲気は、まったく両極端。『同じ』で『対極』！」

「……！　同じで……対極……」

ようやく、先輩が言わんとしていることを理解する。

先輩は頷いて、パソコンの前のメモ用紙に手を伸ばした。

「そう。北野にある雑貨店のオーナーの息子さんなんだけど、よくお店の手伝いをしてるからさ。行っておいで。今日はもういいから。その店、きっと千優は好きだと思うよ」

「え……？」

それは予想だにしていなかった言葉で、私は目を見開いた。

「もう、いいって……？　あの……？」

「言葉どおりだよ。今日はもう帰りなさい。体調不良でフラフラの状態でいいアイデアが浮かぶわけないんだから、ここにいても時間を無駄にするだけだよ。まずは体調を整えること。でも、帰ったところで気が休まらないのもわかるから、これをあげる」

「でも……」

先輩が何やら書きとめたメモを私に差し出す。

「いい？　千優。クリエイターたるもの、インプットも大事な仕事だよ。アウトプットが上手くいかないなら、机にかじりついてないで、さっさとヒントを探しに行く！　同じで対極なものを見て、見て、見て――できるだけたくさん頭にインプットして、再度アウトプットに挑戦するの！」

まだお昼にもなってない時間。『まずは体調を整えること』には、思わず「大丈夫です。できます」と言いかけたものの、後半の言葉に口を噤むしかなかった。

インプットこそ、アウトプットの糧。つまり、一つでも多くのよいデザインを生むには、一つでも多くのよいデザインを見ること。それは、先輩の口癖だった。

そして、あの人の――。

「……ッ……」

奥歯を噛み締め、メモを受け取る。

「……はい……」

「……双子の件を抜きにしても、あの店は本当に素敵だから、いい息抜きにもなると思う。千優。頑張るのと無理をするのは違うよ。私は、千優には頑張ってほしいんだよ」

先輩が優しく微笑んで、私の腰あたりをポンポンと叩く。

「大丈夫！　千優なら絶対にできる！　できると思ったから、任せたんだよ。難しいよね。わかるよ。だけどこれは、千優がここから先に進むためには必要な『産みの苦しみ』だと思ってるから。苦しいだろうけど、頑張って！」

「……先輩……」

「頑張るために、まずは何をすべきか――わかるよね？」

「……はい……」

かけてもらった言葉の優しさに、温かさに、胃がねじ切れそうに痛む。ひどい吐き気を懸命に堪えながら、私はなんとか頷いた。

頷くことしか――できなかった。

神戸市北野――。明治から大正にかけて建築された外国人住宅――『異人館』が数多く残る、異国情緒あふれる街。
神戸港開港により来日外国人が一気に増加し、居留地の用地不足が深刻化。それにより明治政府は、東は生田川、西は宇治川の範囲でのみ、日本人と外国人との雑居を認めた。それから、南に海が一望できる山手の高台に、異人館が数多く建てられたのだという。
その気持ちはわかる気がする。当時は今よりももっと風光明媚な地だったのだろうから。
背後には六甲山系の自然豊かな山並みが広がり、山あいには日本三大神滝の一つ、布引の滝もある。そして眼下には美しい街と、その先に広がる海――。かつてここに居を構えた外国人は、その美しい景色を眺めては、海の向こう――遠い故郷に想いを馳せたのだろう。

それが、今に続くこの街のはじまり。

外国文化と日本の歴史を体感できる北野は、神戸でも人気の観光スポットだ。

もちろん見どころは、『特定伝統的建造物』として保護された多くの歴史的建物だけど、それだけじゃない。観光客だけではなく地元民までもを虜にする名店が多いのも、魅力の一つ。

異人館を利用した、英国の雰囲気そのままのパブ。しっとりと落ち着いた雰囲気のバー。

各国料理の格式あるレストランに、極上のスイーツとくつろぎを提供するカフェ。

それぞれ、こだわりのコンセプトで作り込まれた雑貨店も。

そのうちの一つ――魔法雑貨店『星の匣』

『魔法使いの日常』をテーマにしたお店なのだそうだ。

「北野坂を上がってって……」

私は足を止め、その店への行き方が書かれたメモを見つめて、深いため息をついた。

『坂を上がる』なんて表現は不適切だと思う。これはもう『山登り』だ。

うんざりした気持ちで坂の上を眺める。三月に入ったばかり。暦の上では春だけれど、まだまだ寒い。パステルカラーのスプリングコートが、なんだか浮いているように感じる。

「……行かなきゃ、駄目かな……？」

ファンタジー系の雑貨店は大好きだ。けれど――まったく胸が躍らない。体調の悪さも手伝って、仕事のためと何度自分に言い聞かせても、足が前に進んでくれない。

私の不調の理由を、先輩は、例のショップカードのデザインに行き詰まっているせいと思っているようだけれど――それは違う。

一週間前、由香里先輩が婚約したことを、先輩自身から聞かされて知ったから。

それは私にとって、天地がひっくり返るよりも衝撃的で、また内臓をえぐられるよりも痛くて、苦しくて――つらいことだった。

眠れなくなったのは、その日から。

その前から、確かに仕事は上手くいっていなかったけれど、それでも私の胸はやる気に満ちあふれていた。できる人間ではないからこそ、落ち込んでいる時間がもったいない。時間を惜しみ、人の何倍もの努力をしてようやく、人並みの仕事ができる私なんだから。

だから、仕事が上手くいっていないだけだったら、こんなふうにはなっていない。

だけど、その本当の理由は、先輩には……いえ、誰にも話せることではなくて。

先輩が笑いかけてくれるたびに、絶望的なほど暗くてどす黒い思いが胸を突き上げる。そして心配してくれて、気遣ってくれて、応援してくれるたびに、今すぐ自分を消してしまいたい衝動に駆られる。

まともに由香里先輩の顔が見られなくなって――だけど、先輩は私の教育係でもあって、顔を合わせないわけにはいかなくて、そうこうしているうちに、食事が一切喉を通らなくなってしまった。

このままではいけないことはわかっている。でも。

「お店に行って……噂の双子や雑貨を見て……家に帰って……何か口にして……寝て……体調を取り戻して……あらためてデザインに取り組む……」

雑貨店を覗いて、家に帰って、明日に備えて休むだけ。そして、明日からまたバリバリ仕事をするだけ。もう迷惑をかけないように頑張るだけ。何一つ難しくはないはずなのに、なんだかとても途方もないことのように思えてしまう。

少し前まで胸の内に満ちあふれていたはずの気力が、今は欠片もなくなってしまった。どうすれば、取り戻せるだろう？　わからない――。

「……行きたく、ないな……」

そもそも、先輩は「よくお店の手伝いをしている」と言った。つまり、双子は雑貨店に勤務しているわけではないのだ。店に行けば、必ず会えるというわけではない。無理して行っても、徒労に終わる可能性も高い。

私は目を伏せると、二度目のため息をついた。

帰ろう。まずは体調を整えることを優先しよう。雑貨店に行くのは、調子を取り戻してからでもいいだろう。先輩に訊かれたら、気分が悪くて行けなかったと言えばいい。帰って、睡眠改善案でも飲んで無理やり寝よう。そうすれば、少しはマシになるはず。

「……そうしよう」

私は肩をすくめて、そのまま回れ右。素早く一歩踏み出した——その時だった。

ドンと、大きな何かに顔がぶつかる。思いがけない衝撃に反射的に目をつむった瞬間、グラリと身体が傾ぐ。

坂を上ってきた人とぶつかってしまったのだと理解できたのは、力強い腕が私の身体を支えてくれてから——だった。

「……あ……」

「——大丈夫か？」

頭の上から、低い声がする。私はハッと身を震わせて、慌てて顔を上げた。

「す、すみません！　私——」

だけど、そこで言葉が途切れてしまう。私はポカンとして、目の前の男の人を見つめた。

美形——と言って差し支えないだろう。その人は、ひどく整った顔をしていた。

緩いカーブを描く黒髪。真っ直ぐに私を見つめる瞳は、日本人には珍しいヘーゼル。歳は二十代後半といったところだろうか。

「——悪かった。俺の前方不注意だ」

男の人が静かに言う。まじまじと見入ってしまっていた私は、その言葉にハッとして、足もとを確かめた。ここは急勾配の坂道。注意して動かなければ、また転んでしまう。

「は、はい。大丈夫です。あの……」

気をつけながら一歩二歩下がって、頭を下げる。今のは、周りを確認することなく急に反転して歩き出した私が、間違いなく悪い。前方不注意だったのは、私のほうだ。

だけど謝る前に、「……よかった。本当にすまなかった」と言われて、喉まで出かかっていた言葉を呑み込んでしまった。

「え、ええと……」

悪いのは私なのに。逆に謝られてしまって、どうしていいやらわからなくなってしまう。

タイミングを逸してしまってどうしようかと思っていると、男の人が足もとの買い物袋を拾い上げた。

「……！　すみません。そ、それ……大丈夫でしたか？」

「……ん？　ああ、これか」

男の人が袋の中身を確認して、頷く。

「大丈夫だ。……転がっていかなくてよかったな」

「あ、あの、弁償とかは……」

「いや？　本当に大丈夫だ」

男の人が、ホラと中身を見せてくれる。買い物袋の中に入っていたのは、六つのレモン。目に飛び込んできた鮮やかな黄色に——なぜだろう？　ゴクリと喉が鳴った。

「……アンタは？　何も落としてないか？」

「え……？　あ、あぁ……私は……」

バッグは肩にかかったままだし、そもそも手には何も持っていなかったはずだけど……。そう思いながら自身の両手に視線を落として——思い出す。いや、違う。持ってた。

「メモ……！」

先輩からもらったメモがない。慌てて視線を巡らせる。

「メモ？」

「はい。お店の住所と、そこまでの行き方が書かれた……」

今日は行かないというだけだ。せっかく紹介してもらったんだし、体調や頑張る気力を取り戻せたら、行くつもりだった。だから、あのメモはまだ必要で——。

「なんて店だ？」

私の返事を待つことなく、周りを見回していた男の人が何かに気づいたかのように植え込みに近づき、何やら拾い上げる。

「えっと……『星の匣』です……」

「……そうか。これだな？」

「……！　あ、はい！　それです！　ありがとうございます！」

ヒラリと差し出されたそれを受け取り、ホッと息をつく。

「……じゃあ、こっちだ」

「え……？」

こっちだ……って？

なんのことかとポカンとした私に、男の人が「行くんだろう？『星の匣』に」と言う。

「……あー……」

どうしよう。行かずに帰ろうとしていたのだけれど。

「……行かないのか？」

男の人がじっと私を見下ろして、小さく首を傾げる。そこで私はようやく――目の前の男の人の表情が、さっきから全然変わっていないことに気がついた。謝ってくれた時も、心配してくれた時も、レモンを確認した時も、メモを見つけた時も、まったく。一ミリも。

今もだ。首を捻ってはいるけれど、不思議そうな様子は一切ない。

イケメン。無表情。『星の匣』を知っている。もしかして――？

「……ええと……その……」

でもまさか、『表情筋が死滅しているお兄さんですか？』なんて訊くわけにもいかない。

それに、本当にご本人だったら、彼はその店のオーナーの息子さんのはず。そういう話だったはず。だとしたら『行く予定だったんですけど、やめたんです』とも言いづらい。

——仕方ない。本当にそんな気分ではないのだけれど、体調もかなり悪いのだけれど、
でもここまで来ておいてやめる、上手い言い訳も思いつかない。

「行き……ます……」

「……そうか。じゃあ、こっちだ」

男の人が頷いて、先を歩き出す。私はまたもため息をついた。

行くだけ行こう。そして、失礼のないように——だけどなるべく早く帰ろう。

私は坂の上を見ないようにして、一歩一歩ゆっくりと歩き出した。

「っ……！　う、わぁ……！」

思わず、体調の悪さも忘れて歓声を上げる。

「すごい……！」

ドアの向こうは、まさに『異世界』だった。

天井から下がる魔法使いの箒。その周りを囲む、色とりどりのランプ。

店に入ってすぐ——真正面には、アンティークのライティングテーブルが。その上には

様々なものがディスプレイされていた。天球儀に、たくさんの革表紙の本。鉱石が入ったフラスコに、それぞれ違う植物が生えている試験管。クラシカルな秤。分銅セットにピンセット。広げられた羊皮紙に、羽ペン。インク壺。そして、革袋に入った外国のコイン。

入り口から見て左手側には飴色の木製の棚が並んでいて、黒い紅茶缶とハーブが入った大瓶がズラリと置かれていた。ハーブは生のものと、乾燥させたものがあるようだった。

棚の前のテーブルには、アロマオイルやキャンドルや石鹸や――おそらくはそのハーブを様々に加工したものが、これまた所狭しと。

右手側には、たくさんのファンタジー系の雑貨たち。アンティークなインク壺にガラスペン、羽ペンなどなど。ほかにも、ガラス工芸発祥の地――エジプトの香水瓶。外国のアンティーク小物、アクセサリーにたくさんの鉱物。魔法書を模した手帳やダイアリーなど。

店の中央――ライティングテーブルのディスプレイの奥には、ファンタジー系キッチン雑貨が。色鮮やかなゴブレットやティーセット。クラシカルな銀器たち。

そしてさらに奥には、魔女や魔法使い、黒猫をイメージしたワンピースやルームウェア、マント、バッグ、布小物。

そのほかにも、魔法使いや魔女に関する絵本や児童書が、魔法アイテムを模した雑貨とともに、たくさん並んでいる。

「………………」

綿密に作り込まれた『非日常』——ファンタジーの世界に、言葉を失ってしまう。

すごい……。なんて、素敵……。

「——いらっしゃいませ」

年のころは三十代後半といったところだろうか？　とんがり帽子のとても美しい魔女がキラキラ笑顔で出迎えてくれる。小柄で華奢(きゃしゃ)で——息を呑むほど綺麗(きれい)な人だった。ゴシック調の黒いワンピースと総レースの手袋が本当によく似合っている。

「ゆっくり見ていってくださいませね。……ええと、お知り合い？」

魔女が小首を傾げて、男の人を見上げる。

「いや、そこで拾っただけ。多分——」

男の人が腰を折り曲げるようにして身をかがめ、魔女に何やら耳打ちする。

「……！　あら、そうなの」

「予想だけどな。……じゃあ」

最後の「じゃあ」は、私に。慌てて「あ、ありがとうございました」と頭を下げると、男の人はそのまま奥へと消えた。

「——大丈夫だった？　怖くなかった？」

「え……？　何がですか？」

「響(ひびき)ちゃん、あの子……すごく無愛想でしょう？　嫌な思いをさせなかったかしら」

ひびきちゃん？

「あ……えっ⁉　あの人のことですか⁉　いいえ！　そんなことは！　むしろ、ご迷惑をかけたのはこちらのほうです！　私、不注意でぶつかってしまって……」

「あらあら、大丈夫だった？　あの子、無駄に大きいから」

無駄にって……。男の人で長身は、長所なのでは？

「わ、私は大丈夫です」

「そう？　でも――」

魔女が気遣わしげに私を見つめて何やら言いかけたものの、しかしすぐに口を噤み、気を取り直したようににっこりと笑った。

「はじめてのお客さまね？　嬉しいわ～。あの子に女の子を誘えるだけの話術は備わってないから、もともとうちに来るところだったのよね？」

「……えっと……はい。先輩に紹介されて……」

説明しながらも、魔女があの男の人のことを『あの子』などとかなり親しげに呼ぶのが気になってしまう。彼のことをよく知っている風情なのも。でも、そんな――まさか。

「あの、あの子って……？」

あり得ない。そんなはずはないと思いつつ、おずおずと尋ねると――魔女があっさりと「え？　うちの子。響ちゃんは、私の息子なの」と言う。う、嘘だ！

確かに魔女の様子から、一瞬『母子かな？』とは思ったけど、でも年齢が合わないもの。

男の人は二十代後半だと思うし、魔女もどう見ても――。

「だ、だって、お姉さん、三十代でしょう⁉ あの人と年齢が近すぎるっていうか……」

「あら、嬉しいわ～。でも、流石にそれは言いすぎよ。私、もうアラフィフだから」

「え、えええっ⁉」

思わず魔女の顔を凝視してしまう。いやいや、それはない。それはない。

「か、からかってます……？」

「ええ？ 本当よう。四十九歳。今年、五十歳になるわ」

「う、嘘ぉ……」

こ、こう言っちゃなんだけど……ばけものだ……。

「美魔女すぎますよ……」

「ふふふ。そこはそれ。ここは魔法使いのお店ですもの」

魔女が悪戯っぽく笑って、ライティングテーブルのディスプレイを手で示した。

「では――素敵なお客さまに魔女の占いを。このテーブルの上にある物から一つ、選んでくださいな」

「え……？」

招かれるままにディスプレイの前に立ち、魔女を見る。

「あの……?」

「ふふ。そんなに緊張しないで。大丈夫よう。心理テストのようなものと思って、気軽に。そして、深く考えずに直感で。気になった物を指で示してくれる?」

「気になった……もの……」

私はあらためて、ライティングテーブルを見つめた。

『魔法使いの日常』というコンセプトのもと、これでもかと作り込まれたディスプレイだ。

むしろ、惹かれない物などないのだけれど……。

年代ものの天球儀も、植物の苗床となっている試験管もとても素敵。鉱石は大好きだし、青い立派な羽ペンはファンタジー好きにはたまらないものだし、革袋に入ったコインにも、重厚な革の装丁の本にもワクワクしてしまう。

ああ、だけど――。

「………」

私は迷うことなく、積み上げられた魔法書の上にあった金の鍵を指差した。

目に入った瞬間――考える間もなく、考えるまでもなく、選んでいた。スケルトンキー。いわゆるアンティークキーだ。歯はとても複雑な形で、持ち手部分はクラウンのデザイン。はめ込まれた小さな青い石が印象的な、鍵。

なんだろう? 特別な人間だけが入れる、特別な場所の鍵――。そんな気がした。

「……それでいいのね？」

「ええ。この鍵で……」

頷くと、魔女が目を細めて笑う。

「――そう。響ちゃんの言ったとおりね」

そしてその鍵を手に取ると、私の前に差し出した。

「では、これはあなたに。さぁ、受け取って」

「え……？　で、でも……」

心理テストのようなものだって……。

戸惑う私に、魔女が「大丈夫よう。購入させようとしているわけじゃないから。それは大事なものだから、売ることはできないの。少し使うだけよ」と言って笑う。

「使う……？」

「そう。さぁ、受け取って」

穏やかで優しい声音に、おずおずと鍵を受け取る。

「では、こちらへ――」

魔女が店の奥を手で示し、身を翻す。ヒラリと黒のワンピースが揺れて、飴色の古びた床がギシリと鳴く。私はゴクリと息を呑み、一歩踏み出した。

ドキドキする。一体、何が起こるのだろう？　これは、なんの鍵なのだろう？

「さぁ、お嬢さん」

心臓が早鐘を打ち出す。鍵を握る手に力がこもる。

店の奥のドア。レジカウンターの奥の――さっき男の人が入っていったそれとは別の、重厚なドア。これ自体がアンティークなのではないだろうか？　少し紫がかった深い青は、黎明の空を思わせて、はっきりと美しかった。店の景色に溶け込んでいるのに、そのくせこの先は特別な場所であることを物語っているかのようだった。

「このドアは、その鍵を見つけた人のためだけに開かれる扉」

「え……？」

「――鍵を差し込んで、回してみて？」

真鍮のドアノブの下に、昔ながらの鍵穴が。私は少し迷ったものの、ゆっくりとそこに鍵を差し込んだ。くるりと回すと、カチリと音がする。ドキンと、心臓が大きく跳ねた。

「――ようこそ。魔法使いの紅茶店『ステラ・アルカ』へ」

魔女が微笑んで、ドアを示す。

「魔法使いの……紅茶店……？『ステラ・アルカ』……？」

「ええ。ラテン語で『星の匣』よ。鍵を見つけた人のためだけに――その方の心を癒やすためだけにある紅茶店。……悩みがあるのでしょう？」

魔女の言葉に、ドクッと心臓が嫌な音を立てる。

「え……？　ど、どうして……」

「助けを必要としている人にしか、見つけられないの。そういう鍵なのよ。それは」

思わず、手の中の鍵を見つめる。

とてもじゃないけれど、信じられなかった。だけどそれでも、私はこの鍵を見つけた。

そして、選んだのだ。微塵も迷うことなく。

それは、誰かに助けてほしかったから――？

「人生相談でお金を取ろうとしているわけじゃないから、安心して。別に、無理に悩みを話す必要なんてないのよ。ただ、ひととき、ゆっくりとくつろいでくれればいいの。少しでも、ホッとできれば」

黙って俯いた私に――魔女が優しく語りかけてくれる。本当に気遣ってくれているのが感じられて、私はそのドアを見つめた。

紅茶だけなら、大丈夫かな……？

ここ数日、まともなものを食べていない。いや、食べてはいるのだけど、すべて吐いてしまっている。食べやすくて消化のよいものをと思って、お粥も雑炊もうどんも試したけれど、全滅だった。ポテトのポタージュスープですら駄目だった。唯一食べられたのは、「手軽に栄養補給」が売りのゼリー飲料。これを『食べもの』と認識しては駄目なのかもしれないけれど。

だけど、今のところ『飲みもの』は、固形物が入ったスープやポタージュスープ以外は大丈夫だった。朝も、ホットミルクは飲めた。それなら——。

「じゃあ——」

おそるおそるドアを開ける。その先には地下への階段が。落ち着いたグリーンに大輪の薔薇が咲き誇る壁紙がとても美しい。

期待からだろうか？　心臓が先ほどとは違った音を奏でる。

「——ゆっくりしていってね」

魔女がにっこりと笑って、ドアを閉めた。

古い板張りの階段を照らす、オレンジ色の温かな光。階下はさらに明るくて、私はまるでその光に引き寄せられるかのように、階段を下りた。

「——！」

隠れ家的という言葉がとても似合う、喧騒とは無縁の店内。ここが観光地であることを忘れてしまいそう。

オフホワイトの漆喰が塗られた壁。歴史を感じる飴色の床。入り口から見て正面の壁の一部には古びた煉瓦が敷き詰められ、精緻な装飾が美しい木製のマントルピースが。

ほかにも、オープンタイプのカップボードにキャビネットなど、一目で年代ものとわかる調度品が、さりげなく置かれている。鍵のかかるブックケースには、様々な本が。それもきちんと整理整頓されているのではなく、まるで外国の古書店のような趣で、やや乱雑に並べてある。突っ込まれていると言ってもいいかもしれない。

丸テーブルの四人席が二つ、それより小さな二人席が二つ。入り口から右手――すぐのところには、カウンターが五席。

テーブルも、椅子も、一つとして同じデザインのものがない。古道具が並ぶ蚤の市で、これと思ったものを買ってきた――そんな風情。だからこその、温かみ。確かな品格は感じるのに、敷居の高さはまったくない、アットホームな空間。

一歩入っただけで、ホッと安堵の息がもれる。ごく自然に。

ああ、ここは、とても落ち着く――。

「――いらっしゃいませ」

カウンターの奥に立つカマーベスト姿の長身の男性が、私を見て微笑み、頭を下げる。

私は思わず息を呑み、目を見開いた。

対極で、同じだと思った。一目見て――先輩の言葉がストンと胸に落ちる。

クセのないサラサラの髪は、魔女と同じブルネット。瞳の色も同じく、黒に近い茶色。違いといえばそれぐらいで、パーツの一つ一つはとてもよく似ている。私をここに連れてきてくれたあの人――響さんに。

だけど、華やかささえ感じる爽やかな笑顔から受ける印象は、本当に真逆も真逆だった。

先輩から事前に聞いていなかったら、二人が血縁であることにすら気づかなかったかもしれない。

「……響の勘は、本当によく当たるなぁ」

「え……？」

「いえ、こちらのことです。お好きな席にどうぞ」

弟さんが、こちらの気持ちまで明るくなるような笑顔を浮かべて店内を示す。私は少し迷ったものの、カウンターの一席に腰を下ろした。

「ガラガラですから、お荷物は隣の席にどうぞ」

バッグを床に置こうとした瞬間、弟さんが言う。言われるままに、バッグは隣の椅子へ。脱いだコートも、その背にかける。

「では、鍵をお預かりいたします」

「あ……はい」

差し出された手に、そっと金の鍵をのせる。

「――はい、確かに」

弟さんが、背後のカップボードのフックにそれをかける。かすかに揺れる鍵が、温かな光を映す。

「あの……本当に、ここには、その鍵を選んだ人しか入れないんですか？」

ぽろりと、疑問をそのまま口にしてしまう。言ってしまってから、私はハッとして口を押さえた。これでは、信じられないと言っているようなものだ。悩みを抱えている人しか見つけられない鍵なんて、嘘だろう。ほかの物を選んでいても、同じように『悩みを抱えている人はそれを選ぶ』と言って、ここに案内したのではないかと――。

弟さんが、振り返る。その、少し驚いたような表情に、私は慌てて言葉を続けた。

「あ、あの……なんだかもったいないなと思って。とても素敵なお店なので……」

肝心の紅茶を飲まないうちから、こんなことを言うのはおかしいだろうか？　だけど、それが正直な気持ちだった。本当に、落ち着く。くつろげる。椅子に座っただけなのに、身体の奥で何かが解(ほど)けてゆくようだった。ここの雰囲気がそうさせるのだろう。

それだけで、お金を払う価値があると思う。少なくとも、私にとってはそうだ。

普通に門戸を広く開放していれば、たちまち人気店になるのではないだろうか？　そう思ったからこそ抱いた疑問だったのだけれど――気を悪くさせてしまっただろうか？

どうしようと内心冷や汗をかいていると、しかし弟さんは、一点の曇りもないキラキラ笑顔で、はっきりと頷いた。

「初回はそうですね。この鍵を見つけた人しかお通ししていません」

「初回……？」

「ええ。初回のみです。一度ご来店くださったお客さまには、お帰りの際に、次回からの来店方法をお伝えさせていただいております」

「えっ？　そうなんですか？　一度その鍵を見つけた人は、ずっと来れるんですか？」

「ええ。もちろん。いつでもお待ちしておりますよ」

弟さんがケトルを火にかけながら、再度首を縦に振る。——先ほどとなんら変わらない笑顔で。というより、最初からずっと、何一つ変わらない笑顔で。

なんだろう？　すごく素敵なんだけれど……。そもそも笑顔って自然に出るものだから、長時間一切変化しないのも、ハンコか何かのようにいつも必ず同じなのも変な気も……。

ふと、先輩の言葉が頭をよぎる。

もしかして——これが誤作動？

「そうですね。考え方としては、一見さんお断りのお店に近いかと」

「……！　なるほど。一見さんお断り……」

「ええ。いうなれば、助けを必要としていない方はお断り——です。当店は、心に悩みを抱えていらっしゃる方のために在りたいのです。そのために、このような方法を取らせていただいております」

そして、笑顔のまま唇に人差し指を当てる。

「そのため、ＳＮＳや口コミサイトなどへの情報や写真のアップや、当店にご来店されたことのない方の同伴は、お断りしております。お願いが多くて申し訳ありませんが……お約束していただけますか？」

「え？　あ、はい。大丈夫です。約束します」

見惚（みと）れるほど綺麗な笑みなのに、なぜだか静かな圧を感じて、何度も首を縦に振ると、弟さんが「ありがとうございます」と満足げに言う。

「…………」

――なんだか、『誤作動』の意味がわかってきた気がする。

「では、メニューを……」

黒い革のメニューブックを手に取って――しかし弟さんはふと私を見ると、少し考えて、それを差し出すことなく、もとの位置に戻した。

「……そうですね。お客さま、紅茶はお好きですか？」

「え？　えっと、嫌いではないです。でも、あまり飲まないです。詳しくもないし……。珈琲（コーヒー）か紅茶か選べる時は、珈琲を選んでますね」

紅茶店でこんなことを言うのはどうかとも思うけれど、事実なんだから仕方がない。

恐縮しながらも正直に答えると――なぜだか弟さんは嬉しそうに笑って、私は少しだけ目を見開いた。

今のは、これまでの笑顔と少し違った気がする。気のせいだろうか？

「それはそれは……口説きがいがありますねぇ」

「えっ……⁉　く、口説き⁉」

「興味を示してくれないつれない相手ほど、落としてみたくなりませんか？　もしかしてこれは男だけの感覚なのかもしれませんが……少なくとも僕は燃えますね。紅茶なしでは生きられない身体にしてやりたくなります」

「あ……ああ……」

な、なんだ……紅茶の話か。びっくりした……。

「では、今回は僕のおすすめをセレクトさせてもらってもよいでしょうか？　もちろん、お気に召さなければ、お代は結構です」

「えっ……⁉　そ、そんな！　払いますよ？」

「ええ、お代はきっちりいただくつもりですよ」

「へ……？」

あれ？　でも、今、お代は結構ですって……。

眉を寄せて、弟さんの言葉を頭の中で反芻（はんすう）して——私はポカンとして口を開けた。

え？　待って。それってつまり、『絶対に気に入らないなんてことはあり得ないから、奢（おご）ることにはならない』ってことだよね？　そうなるよね？

何それ。すごい自信。

そこまで言われると、なんだか楽しみになってくる。どんな紅茶が出てくるのだろう？

「一応、好き嫌いとアレルギーの有無を聞かせてもらってもいいですか？」

「えっと……アレルギーはありません。好き嫌いも、とくには……。あ、でも、今はあまり甘ったるいものは飲みたくないですね……」

飲みものでも、甘くて重いものはきっと、胃が受けつけないと思う。

「何か……そうですね。スッキリしたもののほうが嬉しいです」

「……なるほど。かしこまりました。では――」

私のリクエストに弟さんは目を細め、紅茶缶と茶葉の入ったキャニスターを手に取った。

ほとんど迷うことなく。

「本日は、H・R・ヒギンスの『ブルーレディ』を」

弟さんが、白いティーポット型の小皿に茶葉を取り出し、紅茶缶とともに私の目の前に置く。青い小花と黄色い花弁が目に鮮やかかな、綺麗な茶葉。

「H・R・ヒギンスは、英国王室エリザベス女王Ⅱ世御用達の栄誉を授かるブランドです。茶葉の香りを確かめてみてください」

言われるままに、小皿に鼻を近づける。

「……わ……！　爽やかな香り！」

柑橘系のフレッシュな香りに、思わず目を見開く。

「すごい……。本当に、いい香り……」

「――それはよかった。その香りを覚えておいてくださいね。これからそれを」

白くて丸い――ぽってりとしたフォルムのポットに湯を注いで、弟さんが微笑む。

「青の貴婦人の名にふさわしく、華開かせます」

「――！」

この茶葉を、華開かせる――？

どういうことだろうと目を丸くする私の前で、弟さんがポットを揺すって、手のひらで側面をそっとひと撫でしてから、中の湯を捨てる。そして、コンロ脇のたたんだタオルの上にそれを置き、素早く茶葉を入れて、ケトルから湯を注ぐ。手を目の位置まで上げて、勢いよく。少々の飛沫は気にしない。

蓋をして、別のタオルでポットの水滴をひと拭きしてから、半円型のカバーを被せる。

砂時計をひっくり返して、周りに散った水もサッと拭き取る。

一連の動作には一切の無駄がなく、それこそ流れるように美しかった。

「ティーカップは、ロイヤルアントワネットにしましょうか。青の貴婦人にふさわしく」

そう言って取り出したのは、白磁に描かれたエレガントなフラワーリースと金の繊細な装飾が印象的なティーカップだった。ソーサーは波打つようなとても気品あるデザインで、それこそ優雅に揺れる貴婦人のドレスのようだった。

「ロイヤルクラウンダービーは、英国でもっとも歴史のある陶磁器ブランドの一つです。

そして——このロイヤルアントワネットシリーズは、エリザベス女王が週末を過ごされるウィンザー城にて、朝食用のテーブルウェアとして愛用されているもの。華やかながらも、あくまで優雅。ティータイムを特別な時間にしてくれます」

そう言いながらカップにお湯を注ぎ、その中に銀のティースプーンをそっと入れた。

それをじっと見つめていると、弟さんが目を細めて、説明をしてくれる。

「ちょっとしたことで紅茶は驚くほど変化し、同じ茶葉を使っているとは思えないほど、美味(おい)しくも不味(まず)くもなります。すべては、紅茶を美味しくするため。ポットをあらかじめ温めるのも、コンロ脇で沸かしたてのお湯を注ぐのも、カバーを被せるのも、湯の温度を下げないため。高い位置から注ぐのは、茶葉を湯の中で踊らせるため」

「踊らせる?」

「ええ。ジャンピングといいます。酸素をたっぷりと含んだ汲(く)みたて・沸かしたての湯を勢いよく注ぐと、茶葉がポットの中を循環します。その後三分間——湯の中をゆっくりと揺蕩(たゆた)いながら、茶葉は少しずつ開いてゆきます。開き切ったところで、ようやく底に沈むのです」

「……!　そうなんですか?」

「ええ。温度が低い、あるいは酸素をろくに含まない湯を注いでも、ジャンピングは起きません。いくら高いところから勢いよく注いでも、茶葉はすぐに沈んでしまいます。底に沈んだままでは、茶葉は開きません。開かなければ、味も香りもろくに出ないのです」

「まぁ、紅茶には形と大きさによる等級があり、ジャンピングさせずとも深く抽出できるものもあるのですが……」

「……へぇ……」

チラリと砂時計を見て、弟さんがカップの中のお湯をシンクに捨てる。

そしてポットのカバーを取ると、カップとともに銀のトレーにのせる。

「カップを温めるのも、完璧に抽出した紅茶を冷ますことなく提供するためです」

カウンターの奥から出てきて傍らに立つと、私の目の前に美しいティーカップを置く。

そして、その金彩も美しい縁に銀のティーストレーナーを置くと、ゆっくりと琥珀色の液体を注いだ。

「――ッ⁉」

立ち上る香気が、私を包み込む。その鮮烈さ。私は啞然としてカップを見つめた。

『青の貴婦人の名にふさわしく、華開かせます』

その言葉の意味を、ようやく理解する。

ジューシィなフルーツと華やかな花の香り。確かに甘いのに、ひどく清々しく爽やか。

茶葉自体の香りとは比べものにならない。まるで、香りの洪水。

紅茶って、こんなに香るものだったんだ……。

「……すごい……」

逸る気持ちを抑え切れず、カップに指をかける。ソーサーごと持ち上げて、顔を近づけ、芳しい香りを胸いっぱいに吸い込む。

一口飲むと――これを待っていたとばかりに、胸が高鳴る。口腔内に広がった香りが、ゆっくりと胃へ落ちて、そのまま全身に沁み渡ってゆく。

渋みはほとんどなく、わずかな甘みと、すっきりとしたキレのある後口。そして、長く続く香りの余韻に、無意識のうちに目を閉じる。

「……美味しい……」

感嘆のため息とともに、零れ落ちた言葉。私は唇を綻ばせた。

本当に美味しいものを口にした時、人は笑ってしまうものなのだと、はじめて知った。

ああ、久々に『味わう』ということをした気がする。

「――メインの香りは、グレープフルーツです。沈んだ気分を明るくし、前向きにする。乱れた精神を安定させる作用があります」

弟さんの声に、思わず顔を上げる。

カウンターの中で別のポットに紅茶を移し替えながら、弟さんが私を見て目を細めた。

「使われているハーブは、ブルーマロウとマリーゴールドです。ブルーマロウには粘膜を保護する作用があり、呼吸器系や消化器系の炎症緩和もしてくれます。マリーゴールドは利尿作用に発汗作用、血行促進の効果もあります」

「……それって……」

「今のあなたには、ピッタリなものかと」

再びカウンターから出てきて、私の前にティーポットを置く。カップと同じ、ロイヤルアントワネットシリーズのものだった。それに、半円型のカバーを被せる。カウンターの中で使っていたものとは違う、華やかな薔薇柄のキルティング生地のそれ。

「これ以上抽出が進まないように茶葉を抜きましたので、ゆっくりとお楽しみください。このあとの食事ともよく合いますから。料理と紅茶のマリアージュをご堪能ください」

「えっ……⁉」

私は顔を上げ、弟さんの――その笑顔のお手本のような笑顔を、まじまじと見つめた。

「りょ、料理って……紅茶だけじゃないんですか⁉　あの、でも……」

紅茶はとても美味しかった。食欲なかったのが、まるで嘘のように飲めた。だけど――。

「す、すみません。私、食事は……」

言いかけたその時――カウンターの奥の扉が静かに開く。

「食欲がない。無理に食べても、吐いてしまう。だからここ数日、ろくなものを口にしていない。――だろう？　わかっている」

低くて、穏やかで、心地のよい声がして、白いコックコート姿の男性――響さんが顔を覗かせた。その手には、ほかほかと白い湯気が上がるパスタ皿が。

「え……？　な、なんで……」

「……そういう顔色だ。かなり悪い。最初見た時は、正直ギョッとした」

ギョッとしたようには見えなかったけれど……あ、いや、そうじゃない。

「た、確かに、先ぱ――上司にも言われましたけど……そんなにもですか？」

「……ああ。ウチを目指していたと知って――ついてこいとばかりに声をかけてしまったことを、途中で後悔したぐらいには」

思わず、頬に触れる。そういえば魔女も私を気遣わしげに見ていた。『大丈夫です』と言った私に、何やらもの言いたげだったのは、顔色のせい？

「お客さまの様子から、間違いなく鍵を見つけるだろうって、すぐに準備に取りかかっていたんですよ。口当たりのいい、消化のよいものをと」

「え……？」

私がこの紅茶店に入ってくる前から――？

「……奏（かなで）。そういうことは言わなくていい」

響さんが、弟さんをチラリと見て、小さく嘆息する。

「余計なことだ。考えなくていい。変な気も遣うな。俺が勝手にやったことだ。無理だと思ったら、それ以上食わなくていいし、吐いてくれても構わない。気分がよくなるまで、ここで休んでいってくれていいから……ただ一口だけ試してほしい」

無表情で言って、響さんが私の前に皿を置く。ふわりと、優しく爽やかな香りが鼻孔をくすぐる。私はハッと息を呑んだ。

リゾットだった。トロリとした、少し黄色がかった乳白色のスープをまとったお米は、一粒一粒が艶めいている。ぷりっとしたむき海老(えび)。先が細かく分かれた、薄くて細い葉がまるで羽のようなハーブ。そして輪切りレモン。赤と緑と黄——その色の対比が、とても美しかった。

思わず、ゴクリと息を呑む。単純に、美味しそうだと思った。今朝までは、食べものを見るだけで気持ち悪くなっていたのに。

「海老のレモンクリームリゾット。ディルの香りを添えて」

ほかほかと白い湯気が立つそれを見つめていると、響さんが静かに言う。

「旬のレモンの皮と果汁を使った、爽やかなリゾットだ」

旬の——レモン？

「え……？　レモンに、旬があるんですか？」

「もちろんだ。——まぁ、そう思うのも無理はない。レモンはほとんどが輸入で、しかも一年中手に入るからな。だけど、これは国産のレモン。淡路(あわじ)島産の非常に上質なものだ」

「もしかして……さっきの？」

「ああ。知り合いから分けてもらったんだ」

響さんが頷き、皿の横に紙ナプキンを敷き、木匙（きさじ）を置いた。

「普段は生クリームを使うんだが、今回は白ワインと牛乳であっさりめに仕上げた。レモンに多く含まれるビタミンCは身体の免疫力をアップさせたり、ストレスへの抵抗力を高める効果がある。さらにレモンの酸味のもととなっているクエン酸は、疲労回復・血流改善・ミネラルやビタミン類の吸収促進などの作用もある。唾液や胃液の分泌を促して、食欲を増進させる効果もだ」

「……！」

その言葉に、思わず顔を上げる。

「グレープフルーツと同じく、レモンの香りにも、神経の高ぶりを静めて精神を穏やかに、気持ちをリフレッシュさせる効果がある。同系統の香りだから、その紅茶との相性もいい。そしてこのディルにも、胃腸の調子を整える作用と、鎮静効果がある。ヨーロッパでは、夜泣きの赤ちゃんや眠れない入院患者に対しても使われるものだ」

食欲を刺激し、消化を助け、胃の調子も整える。そして、溜（た）まった疲労を取る。

心を落ち着け、精神を穏やかに、気持ちをリフレッシュさせ、前向きにする。

すべて、今の私に必要なものだ。

顔色一つで、ここまでわかるものなのかと思う。

それとも、これが『魔法使いの』と銘打つ所以なのだろうか――？

「ハーブの効能や食材の栄養素は、口にしてすぐに効果が表れるものではありませんが、香りは違います。一口食べて無理なら、紅茶だけを楽しんでください。それでも、きっとここに来る前とは何かが違っているはずです」

奏さんが穏やかに言う。

私は頷いて――ゆっくりと紅茶を飲んで、ホッと一息ついた。

「レモンの香りにも、グレープフルーツと同じ、効果……」

この紅茶との相性もいいと言う。それなら――食べられるだろうか？　これは、本当に美味しいから。自然と笑みが浮かんでしまうほど、幸せを感じるほど、美味しいから。

ティーカップを置いて、おそるおそる匙を手に取る。駄目だったら、謝ろう。謝って、せめてきっちりとお代を支払おう。食事と――いただいた心遣いの分まで。

少量すくって、何回か息を吹きかけてから、口に含む。

「っ……！」

優しい味――だった。ふわりと広がるお米とミルクの甘さと、白ワインのコク。だけどレモンのおかげか、後口は驚くほどさっぱりしている。最後に、ディルとレモンの清々しく爽やかな香気が、ゆっくりと引いてゆく。見事な味のハーモニー。

ほうっと息をついて、もうひとすくい口にする。どうしてだろう？　ここ数日のことが嘘のように、なんの抵抗もなく胃へと滑り落ちていく。

ポットからカップへ新たな紅茶を注ぎ、一口啜る。

リゾットの柔らかなぬくもりが、紅茶の甘い優しさが、私の全身を包み込み、細胞一つ一つに沁み渡ってゆく。

「……ああ……」

黒くよどんでいた気持ちが、消えてゆく。

ささくれだっていた心が、静まってゆく。

込み上げるものがあって、私は身を震わせた。

ああ、なんて――。

「……美味しい……」

言葉とともに、ほろりと涙が零れた。

ああ、なんて、温かいのだろう。優しいのだろう。心に、沁みる――。

全身を満たした安堵感に、張り詰めていたものが解けて、溶けて、そうしてぬるい雫となって頬を伝う。

「……ふ……」

あの人も温かかった。優しかった。その存在は癒やしで、ともに過ごす時間は楽しくて、宝物のようだったのに。

本当に、本当に、大好きだったのに……。

そのすべてが嘘だったなんて、信じたくなかった。

だけど——それ以上に胸に痛かったのは、私も、大好きな人を裏切ってしまったという事実。

「っ……ごめん、なさい……」

私は唇を噛み締めて、俯いた。駄目だ。泣いたりしちゃ。困らせてしまう。それに——泣いていたら食べられない。せっかくの紅茶が、料理が、冷めてしまう。

これは、私のことだけを考えて、私のためだけに用意されたものなのに。

優しさと慈しみに満ちた、ものなのに——。

そう思うのに、止まらない。

「お気になさらず。紅茶は淹れ直しますよ」

この穏やかな声は、弟さん——奏さんだ。

「……料理も作り直せばいいだけの話だ」

この温かい声は、響さん。

「だから——」

大きな手が、ポンポンと優しく私の頭を叩く。

「「どうぞ、ごゆっくり」」

「っ……！」

堰（せき）を切ったように、涙があとからあとからあふれて、零れ落ちる。私は両手で顔を覆い、嗚咽（おえつ）した。

その時ようやく、私は、泣くことすらできなかった自分に気づいたのだった。

それほどまでに、追い詰められていたことに――。

「……す、すみません……」

ズッと鼻を啜ると、奏さんが冷やしたおしぼりを笑顔で差し出してくれる。私はそれを受け取って、腫れぼったく熱を持った目もとに当てた。

途端に、ほうっと安堵の息がもれる。

「……気持ちいい……」

随分泣いてしまった。平静を取り戻してくると、なんだかとても恥ずかしい。

「それにしても、職場の先輩の結婚相手が、自分の恋人だったというのは……」

「……奏」

響さんが、奏さんをたしなめる。私は息をついて、目もとにおしぼりを当てたまま小さな声で言った。

「……正確には、恋人だと思っていた人、です……」

あのあと——私は泣きながら、今の悩みのすべてを二人に話していた。

まずは、自分が現在二十四歳で、社会人三年目のWebデザイナーであること。

今の仕事は大好きだけれど、実は上手くいっていないこと。向いてないのではないかと、最近よく考えていること。

そんな中——入社時から自分の指導役で、とてもお世話になっている大好きな先輩が、結婚することになったこと。四年前からつきあっている男性にプロポーズされて、それを受けたと——先輩自身が嬉しそうに報告してくれたこと。

最初は、私も嬉しかった。皆と同じように手を叩いて、祝福した。

けれど、先輩が口にしたのは、『荒木和孝』——私の恋人の名前だった。

「せ、先輩は……四年前から、おつきあい……していたそうですから……」

だから、あの人にとっての『恋人』は、先輩。私は、正しくは『浮気相手』だ。

「しかし、普通『恋人』と同じ職場の子に手を出す？ 彼は馬鹿なんだろうか？」

「……奏。言葉を選んでくれ」

「いや、だって、バレる可能性があまりにも高くない？ むしろ隠し通せるはずがないよ。彼女、先輩とプライベートでも仲がよくて、SNSでも繋がってて、その上彼は、二人の共通の知り合いなんだよ？　え？　馬鹿なの？」

「奏」

響さんがため息をつく。

「でも、そういうお話でしたよね？　橘さま」

奏さんの声に、おしぼりを外して顔を上げる。

「……はい。というか……うちの会社の人間は皆、荒木さんを知っています」

うちは、社員数十余名の小さなＷｅｂデザインの会社だ。業務内容はそのまま、Ｗｅｂサイト制作事業。企画・マーケティング・ブランディング・デザイン・システム開発だ。ほかにも、実店舗のプランニング。ショップカードやチラシなど印刷物の制作なども。

荒木さんは、会社とつきあいのあるカメラマンのうちの一人で——写真に関する様々な仕事を請け負ってもらっている。たとえば、オンラインショップを制作するのに必要な、商品の写真撮影だとか。

「ね？　ちょっとしたガールズトークとかでポロッとバレちゃう可能性もあるし、何かあれば恋愛相談することもあるだろうし、あまりにもリスキーじゃない？」

「……それはそうだが、問題はそこじゃないだろう」

腕組みをしてカップボードに背を預けた響さんが、首を横に振る。

「いや、多分関係あるよ。だって橘さま、『裏切り者になってしまった』って、何度も」

奏さんが私を見て、優しい笑みを浮かべる。

「恋人に裏切られていたことはもちろんショックだったけれど——しかしそれよりも心に痛かったのは、自分も裏切り者になってしまったことだとおっしゃいましたよね？」

「……はい……」

「僕、その言葉に少し驚いたんです」

奏さんがケトルを火にかけながら言う。私は思わず小首を傾げた。

「驚い……た……？」

「ええ。響も驚いたんじゃない？」

「……まぁ、『そっちなのか』とは思ったな」

「え……？　ど、どういう……？」

わけがわからず、眉を寄せる。

すると奏さんは、ティーポットやタオルを用意しながら、にっこりと笑った。

「僕がもし橘さまだったら——実際には、彼の所業には激しい怒りを感じるでしょうし、それで少なからず彼に幻滅しているでしょう。ですからこれは、そういったものをすべて度外視した上での話ですけど——本当に好きだったら、僕は順番なんか気にしませんし、つきあいの長さも知ったことかって感じですね。好きなものは好き。ほしいものはほしい。譲るなんてとんでもない。どんな手を使ってでも『本妻』を排除し、その座に僕が座ってみせます」

その予想だにしていなかった言葉に、思わず目を見開く。

「その上で、二度と浮気なんてしようと思わないよう、彼に躾を施しますね。それはもう苛烈に、徹底的に調教します」

「……笑顔で何をおっしゃってるんですか……？」

「変ですか？ でも『略奪愛』なんて、さほど珍しいものでもないでしょう。恋なんて、条件でするものではありませんから。独り身でなければ、心が動かないなんてことはありませんか。すでに妻がいるからといって、その人から魅力がなくなるわけでもない。自分の心を揺さぶった相手が、たまたま既婚者だった――なんてことは普通にあるでしょう」

「……それは……」

「恋は落ちるものと言います。お見合いで結婚をしたあと、運命の相手に出逢ってしまうことだってあるでしょう。ですから僕は――自分を騙した恋人への怒りや失望とともに、恋敵への嫉妬や恨みごとが出てくると思ってたんです」

「えっ……!?　で、でも……」

響さんを見ると、彼もまた「恋心はコントロールできるものじゃないだろう」と言う。

「感情の前では経緯など意味をなさない。どのような理由があろうと、その先輩のせいでアンタは荒木の恋人ではいられなくなった。そこは間違いない。だったら、そういう負の感情を抱いたところで、なんら不思議はない。むしろ自然なことだと思う」

「……で、でも……」

「悲しい、つらい、苦しい、悔しい、恨めしい、許せない。そういった負の感情を抱いて、それを本人のいないところで吐き出すだけなら、何も問題はないだろう？　それを本人にぶつけて、実際に相手を略奪するなら話は別だが」

「…………」

「ですが、橘さまは一言もそれを口になさいませんでした。それどころか、申し訳ないと言った。恋敵であるはずの先輩を裏切ってしまったことが、とてもつらいと」

「……はい……」

私は頷いた。

「それは——少し珍しく映ったんですよ。あくまでも、僕らからしたら、ですが」

「そう……ですか……」

もちろん、荒木さんのことは好きだった。今も——多分好きだと思う。

だけど私は、それ以上に先輩のことを慕っていた。——ああ、これも過去形じゃない。

現在進行形で慕っている。そして、心から尊敬している。

入社時から、ずっとお世話になってきた。優しく、厳しく、指導してくれた。

私はずば抜けた何かを持っているわけではない。平凡どころか、むしろできはよくない。

もの覚えも決してよくないし、要領だってよくないし、どんくさい。

それでも先輩は、根気よく何度も何度も教えてくれた。決して投げず、見捨てず、必ずできるよ、千優ならできるよと励まし続けてくれた。

この仕事を続けられているのは、間違いなく先輩のおかげだと思う。

そんな先輩を、私は——知らなかったこととはいえ、裏切ってしまったのだ。

「とても——つらいです。先輩の顔が、まともに見れなくなってしまって……」

何をしていても、罪悪感が胸を突く。

本当に知らなかったのだけれど、でも知らなかったでは済まされないことだと思う。

大好きな——恩義ある先輩に、後足で砂をかけるような酷(ひど)い愚行。

先輩が笑いかけてくれるたびに思う。

ああ、本当に、私はなんてことをしてしまったのだろうと——。

「今すぐにでも謝りたいけれど、でも……言えません。だって……プロポーズしてくれた恋人が浮気をしていたなんて、私なら知りたくない……」

自身の罪を告白して、謝罪をすれば、私の気持ちはラクになるかもしれない。だけど、先輩は違う。婚約者が後輩と浮気をしていた事実が、先輩を苦しめないわけはない。

自分がラクになるために謝罪をして、先輩をつらい目にあわせるなんて間違ってる。

唇を噛み締めた私を見つめ、奏さんが小さく息をつく。

そして、手でポットの温度を確かめ、中の湯をシンクに捨てた。

「……僕が言いたかったのはね？　響。『馬鹿』ならいいけれどってことだったんだ」

素早くポットに茶葉を入れて、高いところから沸騰した湯を注ぐ。そして、先ほどしたように蓋をし、ポットの側面の水滴を拭いて、カバーを被せる。

「その程度のリスクヘッジもできないような馬鹿なら、近いうちに痛い目を見るよ。でもこれがもし、計算だったとしたら？」

その言葉に、ずっと無表情だった響さんが、はじめて不愉快そうに眉を寄せる。

「……彼女の性格も折り込み済みで、手を出したってことか？」

「可能性の話だけどね。でも、仕事上のつきあいもあって、橘さまの性格はよく理解していたんじゃないかな？　それに、浮気常習者なら考えてもおかしくないよね？　むしろ、進んで選ぶかもよ？　すごく都合がいいからね。別れる時に拗れない相手って」

「……！」

思わず、顔を上げる。と同時に、響さんが舌打ちして、奏さんの脇腹をドツいた。

「だから、言葉を選べ」

「痛いって。いや、選んだところで、どうにもならないでしょ。どう足掻いたところで、絶対に聞こえよくはならないよ」

殴られたところをさすりながら肩をすくめて――だけどすぐに、奏さんは本当に綺麗な笑みを浮かべて、クスクスと笑った。

「だとしたら──本当にムカつくよねぇ。女の敵なのは間違いないけれど、男から見ても立派にそうだよ。潰してやりたいなぁ。生まれてきたことを後悔するほど、徹底的に」

「……そういう時、どうしてお前は笑うんだ」

響さんがうんざりした様子で目を細める。

「え？　腹が立つと笑えてこない？」

「……そんなヤツはお前だけだ」

「えぇ？　そうかなぁ？」

さらに笑いながら、奏さんは砂時計を確認し、新しく取り出したティーカップを温める。そして、すべての準備を終えると、それらを銀トレーにのせ、私の傍へ。

「しかし──橘さま」

鮮やかな青い薔薇が描かれたカップを、私の目の前に置く。

「仮にそうだったとしても、それはあなたの美徳です。何も恥じることはありません」

紅茶が注がれ、立ち上る豊かな芳香が私を包み込む。

「恩義を忘れることなく、傷心の中にあってすら、恋敵を思いやれる。それは誰がなんと言おうと、素晴らしいことです。悪いのは、それを利用した人間です。ですからあなたは、何も変わる必要はありませんよ」

その言葉に、胸が熱くなる。

「っ……！　奏さん……」

「カップは、アウガルテンの『マリアテレジア』を。あの女帝マリア・テレジアによってハプスブルク皇室直属の窯に命じられ、十八世紀後半には技術と品質において世界一との名声を得ました。誇り高い女帝が、あなたの味方になってくれるでしょう」

一口飲むと、香りが鼻孔に抜けて、泣きたくなるほど優しいぬくもりがゆっくりと胃に落ちてゆく。身体が、そして心が、芯から温まってゆく。

「――じゃあ、俺は料理を」

響さんが、カウンター奥の扉へと向かう。私はティーカップを置き、「あ、あの！」とその背に声をかけた。

「あの、さっき作り直すっておっしゃってましたけど、作り直さなくていいです！　さ、先ほどのを、温め直していただければ！」

「は……？」

思いがけない言葉だったのか、少しだけ目を見開いて、「なぜだ？」と言う。

「え……？　だ、だって、申し訳ないです。私、二口しか食べずに、泣いちゃって……」

「そんなことは考えなくていい」

「で、でも……」

「それでアンタが元気になるなら、安いものだ」

ドクンと心臓が跳ねる。私は思わず俯いてしまった。

本当になんでもないことのように言うけれど――ものすごい破壊力だよ？　今の言葉。

表情筋が死滅した兄と、表情筋が誤作動を起こしっぱなしの弟？　違う違う。弟は表情筋が常時誤作動のドSでニアピンだけど、兄は違う。表情筋、ちょっと仕事してるもの。だから、正しくは、表情筋がたまにしか仕事しない無自覚タラシ（兄）と、表情筋が常時誤作動を起こしているドS（弟）よ。

頬が熱いのは、紅茶のせいだと思いたい。

「――ご安心を。うちの兄は『馬鹿』のほうです」

カウンターに戻った奏さんがクスクス笑う。

「……無自覚なんですね？」

「無自覚ですねぇ。その上、無頓着で無神経ですよ」

「え……？　そ、そこまで言いますか？」

「言いますとも。無自覚タラシも極まっているので、相手にどう思われるか、他者にどう見られるかということにまったくの無頓着なんです。ですから、めちゃくちゃ無神経ですよ。今、橘さまが『キュンとしました。心を撃ち抜かれちゃいました。好きです。つきあってください』とでも言おうものなら、あの無表情で『何を言っている？　本当に大丈夫か？　気を確かに持て。鎮静作用のあるスープを作ってやるから』なんて言いますよ」

それは無神経だ……。

思わず苦笑すると、紅茶を別のポットに移し替えていた奏さんが、ふと私の手もとを見る。

「――それはそうと、左手の小指をさするクセがあるみたいですね」

ドキッとする。

「失礼ながら、指輪のあとがあるように見えたのですが」

「……あ……」

隠したって仕方がないことだ。私はそっと息をついて、首を縦に振った。

「はい。あの人からのプレゼントだったんです。ハートのピンキーリング」

「左手の小指ということは、二人の仲がずっと続くように。幸せが長く続くようにという意味が込められていたんですね」

「そうですね。私、嬉しくて……。左手のピンキーリングには、チャンスを逃さないとか、疲れた心を癒やす効果があると知ってからは、常に応援してもらえているような、支えてもらっているような気がして、いつの間にか指先で弄る（いじる）のがクセになってしまって」

「……ピンキーリングなら、うちでも取り扱ってますよ」

奏さんが紅茶のポットを私の前に置いて、優しく微笑む。

「パワーストーンをあしらったものなんていいかもしれません。カイヤナイトとかいかがでしょう？　いえ、橘さまなら、アベンチュリンのほうがお似合いかも」

カイヤナイトは確か、心の呪縛を解き放ち、疲れを癒やす石だ。アベンチュリンは精神を安定させ、平穏を授ける石。

私は左手の小指を見つめた。新しいピンキーリング──確かにいいかもしれない。指に残った指輪のあとを見るのはつらかったから。

「よろしければ、お帰りの際に見ていってください」

「……そうします」

私は頷いて、紅茶のおかわりをカップに注いだ。

「恋に関する助言はできませんが……。でも、おそらく必要ないでしょう。橘さまの心は定まってらっしゃるように感じます。ショックなことが一度に起こってキャパオーバーを起こしてしまっていただけで──ひどく傷ついてしまったがゆえに気持ちの整理が上手くいかなかっただけで、橘さまが一番大事だと思うものは、きっと揺らいではいない」

おそらく、そのとおりなのだと思う。

紅茶を一口飲んで──私はそっと目を閉じる。

「美味しいものを食べて、ゆっくりして──帰ったら、お風呂に入りましょう。ぬるめの湯で、長めに。身体がポカポカしたら、ベッドへ。ゆっくりと眠りましょう。途中で目が覚めても何もせず、何も考えず、朝まで静かに休みましょう。それだけで充分です」

言葉の一つ一つが、ストンと胸に入ってくる。

紅茶の芳しい香りが、奏さんの穏やかな声が、全身に浸透してゆく感覚。

血を流していた心をも、ゆっくりと優しく包み込む。

「朝、スッキリと目覚めることができたら——きっとそれで解決です」

「おはようございます！」

「おおっ⁉　お、おはよう？」

先輩が私を見上げて、目をぱちくりさせる。

「元気いいね。千優。何かあった？」

「ありました」

大きく頷いて、デザイン案を差し出す。早めに出社して、まとめたものだ。

先輩がびっくり眼のままそれを受け取り、目を通す。

「昨日はとくにひどい顔色をしていたから、強制的に早退させたけど、上手くリフレッシュできたみたいだね？」

先輩が顔を上げ、にっこりと笑う。

「心配したぞ？　もう！　思い詰めすぎ。真面目すぎなんだって、千優は！　適度に肩の力を抜かなきゃ、いいものなんか作れないよ。これでわかった？」

「わかりました」

昨日、家に帰ったあと——私は奏さんが言ったとおり、ぬるいお風呂に長めに入って、身体がポカポカになったところで、ベッドに入った。

それまでの不眠が嘘のように、ストンと眠りに落ちて——そのままなんと朝まで一度も目を覚まさなかった。だからだろうか？　今朝は本当にスッキリと目覚めることができて、自分でも驚いた。

それから、昨日、響さんに教えてもらった簡単レシピでパン粥を作り、しっかり食べて、早めに出社。パソコンの前に座ったら、脳みそが唸(うな)るような勢いで回転をはじめて——。

まさかもまさか。わずか三十分で、デザイン案がまとまってしまった。

今までの苦しみが嘘のように。

それこそ、魔法のように。

「どんな仕事でも身体は資本だけど、クリエイターはとくにそうだよ」

「……そうですね。思い知りました」

再び、大きく頷く。そんな私を見て、先輩は満足げに——そして嬉しそうに笑った。

「オッケ！　これでいこう！　先方へのプレゼンはどうする？　自分でする？」

「もちろん、自分で！」

「よし！　一応、配色パターンだけいくつか提示できるようにしておいて」

「わかりました！」

元気よく返事をして、思わずガッツポーズ。

「頑張ったね！　千優！」

先輩にポンと手を叩かれて、私は久しぶりに晴れやかな気持ちで笑うことができた。

「はい！」

まずは一つ——。心に圧しかかっていた悩みが解決した。奏さんの言ったとおりだった。

もちろん、これで終わりじゃない。もっと大きな問題が残っている。

だけど——できる気がした。

「……大丈夫」

席に戻って、一人呟く。

大丈夫だ。私は、頑張れる。

私はそっと胸を押さえた。

美味しい魔法は、まだ私の心を優しく温めてくれている。
すべて解決したら――また『ステラ・アルカ』に行こう。
身体をいたわる料理と心を癒やす紅茶の、優しいマリアージュ。
頑張った自分へのご褒美に、これ以上のものはないだろう。

じんわり焼き林檎と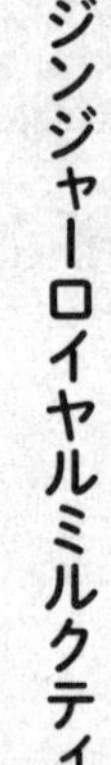ジンジャーロイヤルミルクティー

「……美味しくない」

小さく呟いて、ため息をつく。

こうも美味しくないと、泣きたくなってしまう。私はサンドウィッチを傍らに置いて、両手で顔を覆った。

「どうしよう……志保ぉ……。何を食べても美味しくないよ……」

「なんやの、千優、また体調崩しとんの？」

大学に入ってすぐに知り合った友達――安藤志保が、手の中の文庫本から顔を上げずに言う。本の虫で、書店勤務。共通点はそんなに多くないのだけれど、妙に気が合って――つきあいは、早いものでもう六年になる。

「ま、またって言わないでよ。私、本来は健康優良児なんだから。知ってるでしょ？」

「うん。なんとかは風邪ひかないを自身で立証しとったんは知っとうよ」

「……それ、馬鹿ってことだよね？」

「……自分で言うてもうたらあかんやん。せっかく濁してあげとるのに」

ようやく文庫本を閉じて、志保がニヤリと笑う。

「それに、馬鹿は言いすぎやろ。せめて、アホ」

「……それ、関西人特有の感覚だよね？　普通、アホのがキツくない？」

「いやいや、馬鹿のがキツいやろ。アホはなんていうか……愛嬌ある感じやん？」

そうかなぁ？　大学から関西に来た私には、よくわからない感覚だ。

「サンドウィッチ、食べへんのならちょうだい。もったいない」

「へ？　まだ入るの？」

「余裕～」

志保が眼鏡を押し上げ、再びニヤリと笑う。――その細い身体のどこに入っていくの？

本当に謎なんだけど。

でも、食べてもらえるのは正直ありがたい。食べものを捨てるのはどうにも気が引けてできないのだけれど、かといって、もう食べる気は失せてしまっている。

サンドウィッチを手渡すと、志保は「じゃ、ゴチになりまーす」と手を合わせて、早速パクついた。

「――で？　どうしたん？　また悩んどんの？」

もぐもぐしながら、志保があらためて私を見る。

「それも。またって言わないで。一旦は解決したんだから」

私は深いため息をついて、ベンチに背を預けた。

まさに『空色』と呼ぶべき、明るい青空。そろそろ三月も半ば。日増しに寒さが緩んで、日中はぽかぽかと暖かく、過ごしやすい日が増えてきた。

ここは『東遊園地』。三宮駅からフラワーロードを南へ、五分ほどのところにある公園。緑豊かな都会のオアシス――なのだけれど、その歴史はそこそこ古い。一八六八年に、神戸居留地の外国人のための日本初の西洋式運動公園として造られたのが、はじまり。そこで多くの外国人が自身の国のスポーツを楽しんだことから、西洋スポーツが日本に広まる起点となったそう。そのため、公園内には様々な記念碑がある。

私としては、一九九五年の阪神・淡路大震災以降、慰霊モニュメントが置かれたり、ルミナリエや希望の灯といった慰霊行事の会場となっていることからも馴染みが深い場所だ。この季節になると、寂しいばかりだった木々の緑が美しくなりはじめて、花壇の花々も鮮やかに、華やかになる。

そして、まるでそれを待っていたかのように、ランチ時にはお弁当などを持って多くの人が訪れるようになる。もちろん、私たちも例にもれず、そのお仲間だ。

志保のふわふわと軽い髪が、爽やかな風と遊ぶ。私は自身の髪をつまんだ。いいなぁ。とても気持ちがよさそう。こんな時、志保のショートボブがなんだか羨ましくなるけれど、いざとなると勇気が出なくて、高校の時からずっと同じセミロングのまま。

「………………」

再度、ため息をつく。

何かを大きく変えたいと思うのは、現状へのストレスが半端ないからだ。でも、髪型を変えてイメチェンしたところで、結局悩みのもとはそのまま。なんの解決にもならない。そりゃ、少しだけ私の気分は変わるかもしれないけれど。

「……それがね？」

聞いてよとばかりに口を開いた――その時だった。

「あれ？　千優ちゃん」

聞き覚えがありすぎる――だけど今、一番聞きたくない声がする。私はぎくりと身体を強張らせ、慌てて視線を巡らせた。

芝生の広場を横切ってこちらに近寄ってくる人物を認めて、ぶるりと背を震わせる。

「偶然だね。今、お昼ご飯？」

「……あ、荒木、さん……」

声が震える。

「お友達かな？」

にこやかな笑顔で、荒木さんが志保を見る。私は膝の上で、両手を強く握り合わせた。

——落ち着いて。大丈夫。荒木さんの事務所は、うちの会社の近く。この三宮にあるのだもの。彼がここにいたって、何も不思議なことはない。

そう。何も不自然なことはない。彼は、私に会いにここに来たわけではない。大丈夫。

「……荒木、さんは……お仕事中では……？」

動揺を隠そうとしても、上手くいかなかった。けれど、なんとか笑顔を作って言う。

「サボってたら、怒られますよ」

「いやいや、サボってなんかいないよ。これから、クライアントのところに打ち合わせに行くところなんだ」

「そう……ですか」

「明後日また、そっちに顔を出す予定だから。ああ、そうだ。差し入れ、楽しみにしてて。美味しいシュークリームの店を見つけたんだ」

じゃあと手を上げて、荒木さんが去ってゆく。その後ろ姿に、私はホッと息をついた。

「——何あれ」

同じく荒木さんを見送っていた志保が、唖然とした様子で口を開ける。

「えっ⁉ ちょお待って！　千優！　あれ、二股男と違うの？」

「し、志保！　声が大きい！」

慌てて荒木さんのほうを窺うも、足取りによどみはなく、その姿はどんどん小さくなってゆく。どうやら聞こえなかったらしい。

「……よ、よかった……」

「何がええのよ！　えっ⁉　別れたんちゃうん⁉　一週間前にうち、そう聞いとうよ」

「う、うん。そうなの。私、ちゃんとお別れを言ったの」

言って――あれなんだよ。

「はぁ？」

理解できないといった様子で、志保が眉を寄せる。私は両手で顔を覆った。

荒木さんは、私の恋人だった人だ。半年ほど、おつきあいさせていただいていた。

しかし荒木さんは、実は先輩の恋人で、私は浮気相手だった。その事実を、あろうことか先輩が会社の皆に『荒木さんにプロポーズされて、六月に結婚します』と報告したことで、私は知ることとなった。

その後の一週間――騙されていたショックと大好きな先輩を裏切ってしまった罪悪感、そして上手くいかない仕事へのストレスで、心身ともにボロボロになってしまった。

そんな私を救ってくれたのが、魔法使いの紅茶店『ステラ・アルカ』。

助けを求めている人しか入れないというそのお店は、私の心と身体が求めていたものを与えてくれた。

心の中のわだかまりが、するすると解けてゆくのがわかった。

翌日――。嘘のように仕事は上手くいき、それで力を得た私は、そのままの勢いで夜、荒木さんに会った。

そして――彼にきっぱりと告げたのだった。先輩から、荒木さんと結婚すると聞いたと。先輩を裏切りたくない。傷つけたくない。だからもう、これで終わりにしたいと。責めたり、詰ったりはしなかった。ただ、終わりにしたいとだけ――。

「私、ちゃんと言ったんだよ？　もうおつきあいできませんって」

「うん。そう聞いとうよ」

志保が眉をひそめたまま、頷く。彼女には、さらにその翌日の夜に会って、全部報告した。ただし、『ステラ・アルカ』については、『北野に素敵なお店を見つけて、美味しい料理に癒やされた』と言うだけにとどめたけれど。

「できるなら、ボロボロになっとる時に相談してほしかったけど……。まぁ、一番に報告してくれたからよしとするけども」

「……それは謝ったでしょ？　食事も奢ったじゃない」

志保も、私経由で先輩とSNSで繋がってるから、言えなかったんだよ。

志保が先輩に話すとは思ってないけど、でも大事な友達だからこそ、様々な負の感情に押し潰されて、何もできずにいる自分を見せたくなかったというか——。

「それなのに、なんで?」

「わ、わかんないの……」

私は首を横に振った。

別れを告げた時——荒木さんはひどく申し訳なさそうにしていたけれど、でもそれだけだった。とくに、別れることを嫌がったりはしなかった。

「別れは受け入れてくれたはず……なんだけど……。確かに、言い訳めいたものは、結構たくさん聞かされたんだけど……」

「ああ、あれなぁ……」

志保が乾いた笑いをもらす。

『騙すつもりはなかった。弄ぶつもりもなかった。君のことは、本当に好きだったんだ。由香里はかなりキツいところもあるから、つきあいが長くなって互いに遠慮がなくなると、衝突することも多くなって、なんというか……その……疲れてしまって……』

『君の存在は、俺にとって、すごく癒やしになっていたんだ』

『君がいてくれたからこそ、由香里との仲が修復不可能なところまでいくこともなかった。由香里との結婚を決断できたのも、君がいてくれたからこそなんだ』

その時の、荒木さんの言葉だ。

「……千優から聞いた時、正直、今更何言っとんねんって思ったけど。うちはな」

志保の言うとおり、確かに今更だ。でも、心が少しも動かなかったかといえば嘘になる。だって――嬉しくないわけがない。すべてが嘘だったわけではないと、悪意から騙していたわけではないと、少しは本当の気持ちもあったのだと聞けば。

私の想いも、少しは報われた気がして――。

「それでも、荒木さんは『別れたくない』とは言わなかったよ。『嫌だ』とも。最後には一言、『わかった』って……」

「それなのに？　あれ？」

理解できないといった様子で、志保が息をつく。

「あの男の言葉が百パーセント本当やったとしても、それでも実際、騙しとったことには違いないわけやん？　それなのに――普通、声かけてくる？　しかも親しげに」

「……そうなんだよ」

今だけの話じゃない。実は、この一週間――ほぼ毎日顔を合わせている。それまでは、半月に一度会えればいいほうだったのに。

仕事の打ち合わせや、書類や資料を届けるため、あるいは食べ切れない量の差し入れをいただいたからとか、いろいろな理由をつけて、荒木さんはうちの会社に顔を出した。

それを、皆は『婚約者といつでも一緒にいたいんでしょ？　いいよねぇ～。アツアツで。

羨ましい』などと頬を染めて話していたけれど、とてもじゃないが私はそんな気にはなれなかった。

なぜなら、荒木さんは顔を見せると、必ず私にも声をかけてくるからだ。

それも――さっきのように、かなり親しげに。

「先週の水曜日と木曜日、あと日曜日は、会社には来なかったんだけど……その……」

「は……？　はぁ⁉　ちょ、ちょぉお待って……！」

私の言葉に不穏なものを感じたのか、志保が目を見開く。

「水曜日って、うちと会った日やん。報告してくれた日。別れた翌日」

「そう。水曜日に会社に来なかったのは、先輩が休みだったのもあると思う。うちの会社、半シフト制だから。知ってるでしょ？　週休二日制だけど、日曜は会社自体が休み。で、もう一日の休日は、抱えている仕事に合わせての申告制」

「うん。知っとうよ」

「その翌日の木曜日は、私が休みだったから会わなかったけど、日曜日は……」

「は？　まさか……会ったん？」

「……会った。センター街のジュンク堂書店で、偶然……」

志保が信じられないとばかりに絶句する。

「嘘やろ……？」

「その時も、やっぱり声をかけてきて……」

月曜日も、火曜日も、昨日——水曜日もだ。私は深いため息をついた。ああ、ようやく今日、会わずに済むと思ったのに。

「なんやろ……？　よりを戻したがっとるってこと？」

「それが……そんな感じでもないの」

話しかけてはくるけれど、恋人としての態度ではない。ベタベタする感じでもないし、長く一緒にいようというそぶりを見せるわけでもない。本当に知人・友人に対するような態度で、一言二言話してゆくだけだ。

でも、だからこそ——荒木さんが何を考えているのかわからなくて、正直気持ち悪い。

「さ、最初は……別れたからって変に避けることなく、仕事仲間としてこれからも良好な関係を続けられるように、声をかけてくれたのかとも思ったんだけど……」

つまり、私に気まずい思いをさせないように。そして、それが仕事への差し障りとならないように。

志保が「無理あるなぁ……」と呟く。私は頷いた。こうも毎日続くと、そうではないとしか思えない。

けれど、じゃあ荒木さんの本当の思惑はなんなのかと言われたら、それはそれで見当もつかない。わからないからこそ、対処のしようもなくて——。

「……なるほど。それはそれは……ストレスやなぁ……」

志保がうーんと唸りながら、空を仰ぐ。

「わかるわ。あからさまによりを戻そうとしてきたり、恋人ヅラしてベタベタしてきたら拒否のしようもあるんやけど……そうやないしなぁ……」

「そ、そうなの。あくまで知人・友人の枠内での『親しげ』だから、それを拒絶するのも、なんていうか……変な話で……」

それに、仕事上のつきあいを嫌がるような真似をすれば、不審がられてしまいそうだし。

それこそ──先輩や皆から。それは避けたい。

「あー……せやなぁ。今まで普通につきあっとってんから、そりゃあ急にどうしたんって話になってまうわなぁ」

「うん……。それに心のどこかで、まだ別れたばかりだから過剰に反応しちゃってるだけかもって思いもあって……」

受けた心の傷は、まだちょっとしたことでひどく痛む。会えば気まずいし――いろいろ思い出してしまって苦しい。だからこそ、友人・知人としてのつきあいでしかないのに、ストレスに感じているのかもしれない。でも――。

「そ、それでもやっぱり……仕事上の関係に戻ったのとは、何かが違う気がして……」

私は目を伏せ、俯いた。

「……しんどいの」

「……うん」

そんな私の肩を抱き、志保が頭を撫(な)で撫でしてくれる。

「わかる……。しんどいなぁ。それは」

その温かさに、少しだけホッとする。

「でも、千優？　現状、どうしようもないんもわかるんやけど……あんまり思い詰めたらあかんで？」

「うん……」

「好きなことして、美味しいもんでも食べて、ゆっくり寝て、あんまり気にせんように」

「……美味しいもの、ねぇ……」

食べたいけど、何を食べても美味しくないんだもん。

「……今はお金を無駄にしてる感じがすごいかな……」

美味しいと評判のパン屋さんのサンドウィッチ。気の置けない友達と、ぽかぽか陽気の緑豊かな公園で食べるならと思ったけれど――やっぱり味がしなかったし。

「あ！　じゃあ、あそこは？　千優が見つけたっていう北野のお店。一番しんどい時に、美味しい料理で癒やしてもらったて言うとったやん？」

その言葉に、思わず顔を上げる。

「え……?」

「今よりずっとひどい状況やったあの時ですら、そこの料理は美味しくいただけたんやろ? だったら、今回もイケるんと違う?」

「……あー……」

——正直、何度か脳裏をよぎってはいたんだけれど、できればすべてが解決したあとに、自分へのご褒美として訪問したかった。

でも、確かに困っている。向こうの意図がはっきりせず、行動にも解釈の余地があるというか、こちらが対処——拒絶できるレベルにまでは一歩も二歩も足りないからか、逆に八方塞がり感が出てしまっていて。

できることならすべて解決しましたと笑顔で報告したかったけれど、もうそうも言っていられないところまできている気がする。

私は何度目かの深いため息をついた。

「……行ってみようかなぁ……?」

「うん。行っといでよ。ついてってあげらんなくてゴメンやけど……」

志保が「このあとは、どうしても外せん用事がね……」と手を合わせる。

「いいよ。いいよ。ランチ一緒にしてくれただけで、御の字だよ。忙しいのに無理言ってごめんね?」

「全然。変に遠慮されるより、うちは無理を言ってほしいって思っとうから。千優〜？しんどなったら、また呼んでな？」

優しく頭をポンポンしてくれる。私は唇を綻ばせ、志保にもたれかかったまま、そっと目を閉じた。

「うん。ありがと」

店内は、林檎(りんご)の甘い香りに満ちていた。

「いらっしゃいませ」

カウンターの奥——。奏さんが、あの極上スマイルで迎えてくれる。

「いいタイミングですね。橘さま」

「え……？　いい、タイミング？」

前回と同じ席に座り、スプリングコートとバッグを隣の席に置く。

磨いていた茶器を片づけながら、奏さんが頷いた。

「ええ。いい匂いがしているでしょう？　響がスイーツを作っていまして。そろそろ焼き上がる時間です」

「え……？　でも」

思わず、店内を振り返る。今日も、ほかにお客さんはいない。

そんな——迂闊な行動をした私に、奏さんがにっこりと笑う。

「おや？　客もいないのになんで、って思いました？」

「えっ⁉　あ！　い、いえ……その……」

素晴らしく綺麗な笑顔なのにもかかわらず、不穏なものを感じて、私は慌てて顔の前で手を振った。

「ふ、普通は、お客さんが来る前に用意するものでしょうし、お客さまがいないのにっていうのは、お、おかしな考えというか……。だから、その……そんなことは……」

「上手くかわせたようで、そうでもありませんよ。それがお昼前なら通じたでしょうけど、もう十五時すぎですからね。上の雑貨店は十九時閉店ですから、この時間に準備するのはどう考えたっておかしいでしょう。橘さまが不思議に思うのは当然のことかと」

咄嗟に口にした言葉は——けれど見事に一刀両断されてしまう。私は両手で顔を覆うと、観念して白状した。

「……はい。思いました。すみません」

謝りますので、笑顔で追及しないでください。

「……ふふ。謝ることではないんですけどね。ほかにお客さまがいないのは事実ですし。

まぁ、答えは簡単です。母のリクエストなんです」

クスクス笑いながら、奏さんが上を指差す。

「今日は朝からとても忙しくて疲れているから、林檎のおやつが食べたいと」

「ああ、そうなんですね」

私は天井を仰ぎ、ゆっくりと大きく息を吸い込んだ。

「いい香り……」

「林檎の香りには、心を落ち着かせ、ストレスを軽減する効果があります。枕もとに林檎を置いておくと、香りでリラックスして安眠できるそうですよ」

「……！　ストレス軽減……」

「ええ。そして、『一日一個の林檎で医者いらず』と言われるほど、栄養素が豊富に含まれています。セルロース、ペクチン、カリウム、カルシウム、鉄、ビタミンC、食物繊維。さらに、リンゴ酸にクエン酸、リンゴポリフェノール。水分量もとても多いですし、体調を整えるのにはうってつけです」

奏さんが意味ありげに笑って、形のよい唇に人差し指を当てる。

「今の橘さまには、ピッタリなものかと」

「っ……！　か、奏さん～！」

ああ、一発で見抜かれてしまった。

「今日は、甘めの紅茶の方がよろしいかもしれませんね。スイーツに合うような」

「な、何から何まで……！」

どうしてわかってしまうんだろう？

本当に、魔法使いみたいだ。

「では、とっておきをお出ししましょう。──それなら、カップは少し大きめのものを。ロイヤルアルバート社のこちらはいかがでしょう」

奏さんがカップボードから取り出したのは、ティーカップというよりは、繊細で華奢なマグカップといった感じのもの。英国の春の花であるチューリップやブルーベル、薔薇がいっぱいに描かれている。とても綺麗だった。

今回はどんな紅茶が出てくるんだろう？　わくわくしながら見ていると、奏さんが台下冷蔵庫から二リットルタイプのペットボトルを取り出す。もう一つ、細身のドレッシングボトルと。んん？

予想外のものの登場に目を見開いていると、ペットボトルからミルクティー色の液体をミルクパンに移し、火にかける。その中に、ドレッシングボトルの中身を回し入れる。ん、んんん？

「か、奏さん……？　それは一体……」

「ふふ。まぁ、飲んでのお楽しみということで。もちろん、お気に召さなければ、お代は結構ですので」

でも、お代はきっちりもらうつもりなんですよね？

私がそう言うと、奏さんは当然とばかりに笑顔で頷いた。

「そのつもりです」

――前も思ったけど、本当にすごい自信だ。

「火を入れすぎると香りが飛んでしまう上に、ミルク臭さが出てしまうので、鍋の縁に細かい泡が出はじめたところで火を止めます」

説明しながら奏さんが火を止め、別で温めておいたカップに注ぐ。

それを銀のトレーにのせ、奏さんが私の傍に。綺麗な手が、私の前にカップを置く。

「さぁ、どうぞ。当店オリジナルの、ジンジャーロイヤルミルクティーです」

立ち上る、ミルクと生姜の香気。この前の鮮烈さには及ばないけれど、とても落ち着くいい香りだった。

カップを持ち上げ、ふぅーっと一息かけて、ゆっくりと啜る。

「――！　うわっ……！　美味しいっ……！」

思わず、目を丸くする。

私の知っているロイヤルミルクティーと違う！

舌触りはトロリとして柔らかく、紅茶の味はとても濃厚。だけど、渋みはごくわずか。

紅茶が主張しすぎることもなく、ミルクが幅をきかせすぎることもなく、本当に絶妙なバランスだった。この味わいは、まさに『ロイヤル』だろう。

そして、優しい甘みと、生姜の香り。後味がすっきりしているのは、生姜の効果なのだろうか？

「えっ⁉　えっ⁉　か、奏さん……これ……！」

手の中のティーカップと奏さんを交互に見る。

「ふふ。橘さまは、本当に飲ませがいがありますね。リアクションがよくて。僕としては嬉しい限りです」

「だ、だって……全然違う……」

一緒にしてはいけないのかもしれないけれど、市販のロイヤルミルクティーはミルク感が強くて、とても甘くて、紅茶というよりはミルク飲料といった感じだし、何回か友人に連れられて行った紅茶店で飲んだそれは、もちろん紅茶の味は強かったけれど、その分渋みも強くて、たっぷり砂糖を入れなければ飲めなかった。

あまり紅茶を飲むほうではないから、本当にお店では、何回かしか飲んだことがない。だから、たまたま美味しくない店に当たってしまっただけなのかもしれないけれど、でもそれにしたって――あまりに違う。

「こ、これが、本場のロイヤルミルクティーなんですか？」

「本場、とは？　英国のことでしたら違いますよ。ロイヤルミルクティーは、京都は三条にあるティーハウス・リプトンにて考案されたメニューです」

「えっ⁉　日本で生まれたものなんですか⁉」

　てっきり、英国のものなのかと。

「へぇ……。全然知りませんでした……」

「その作り方は、茶葉を牛乳で煮出すというもの。当然ミルク感も強く、紅茶の味も濃厚ですが——茶葉を沸かすので、余計な雑味まで出がちなんですよ。渋みあってのロイヤルミルクティーとおっしゃる方も多数いらっしゃるのですが……」

「あ、でも私はそれ、苦手でした」

「ええ、そういう方も多いです。うちの母もそうでして」

　奏さんが、紅茶缶と茶葉の入ったキャニスターを手に取りながら苦笑する。

「もうお察しかと思いますが、渋みの少ない濃厚なロイヤルミルクティーが飲みたいと、母にねだられまして。一ヶ月ほど思考錯誤を繰り返して、レシピを作り上げました」

「一ヶ月……！　それは、すごい……」

「頑張りましたよ。こちらは、トワイニング社のイングリッシュブレックファストです。このオリジナルのロイヤルミルクティーに使った茶葉です。見てください」

　小皿に茶葉を取り出し、それを私の前に置く。

「……！　この前のより、随分小さい……？」

「ええ。この前にお話したとおり、紅茶には形と大きさによる等級があり、ジャンピングさせずとも抽出できるのもあります。ティーバッグに使われているのは、主にそれです」

「あ、そうか。カップの中でジャンピングなんて無理だから……」

「ええ。このイングリッシュブレックファストで、紅茶としては邪道中の邪道な淹れ方をしたのが、うちのオリジナルです。まぁ、そんなことを言ったら、鍋で煮出すのだって、邪道といえば邪道なんですけど」

「邪道な淹れ方？」

「茶葉が開くのに必要最低限の湯を入れ、三分待ってから、沸かしたミルクを入れ、五分待って、冷たい牛乳を入れ、冷蔵庫で一時間寝かせる」

「え……？」

あ、あれ？　この前聞いた『紅茶を美味しくするためのルール』と随分違うような？　とくに、コンロの傍で作業したり、ポットもカップもあらかじめ温めておくほど、湯の温度が下がらないように神経質なほど気をつけていたのに、冷たい牛乳を注ぐ？　そして寝かせる？

「その後、茶葉だけ抜いて冷蔵庫で保管。アイスの場合は、そのまま氷の入ったグラスに注ぎ、ホットの場合は適温まで鍋で温める。決して沸騰はさせないこと。水分量に対して、茶葉はかなり多めですね。茶葉やミルク量の詳細な数値については、企業秘密です」

「……なるほど」

紅茶に詳しくない私でも、それがものすごい邪道なのはわかる。

「でも——客の立場からしたら、美味しいこそ正義です」

邪道だろうと、美味しければ、それが一番。

私はロイヤルミルクティーを飲んで、ほうっと息をついた。

「ああ、美味しい……」

「ジンジャーロイヤルミルクティーの場合は、鍋で温める際に、響のお手製のジンジャーシロップを足すだけです。簡単でしょう?」

「響さんの……ジンジャーシロップ?」

「こっちは三ヶ月ぐらいかけて響が考案したものです。料理にもお菓子にも飲みものにも使いたいから、シロップの色を悪くしたくないということで、生姜には一切火を入れずに作る方法をいろいろと試して……」

「——呼んだか?」

奥のドアから、響さんが顔を覗かせる。その手には、スキレットをのせたお皿が。

「待たせた」

無表情でそう言って、片方を奏さんに。

「こっちは、食べやすいようにスライスしておいた。文句が出る前に持っていってくれ」

「はいはい」

それを受け取り、奏さんが肩をすくめて出てゆく。

「アンタには、こっち」

その背中を見送っていると、目の前にお皿が出てくる。

「丸ごと焼き林檎とリコッタチーズのミニパンケーキだ」

「……！　うわぁ……！」

爽やかな林檎の香り。まだじゅわじゅわといっているそれに、思わず感嘆の声を上げてしまう。艶めいた赤がなんとも食欲をそそる。

くりぬいた芯の部分には、シナモンスティックとバニラアイス。その上には、ナッツがたっぷりとかかっている。傍らには、ミニとは名ばかりの分厚いパンケーキ。お皿に触れただけで揺れるふわんふわんのそれに、惹かれない女子は存在しない。

「お、美味しそう〜っ！」

もう一秒だって待てない。林檎にナイフを当てる。

「っ……！」

吸い込まれるように、ナイフが入ってゆく。その感触が、もう美味しい。

口いっぱいに頬張れば、もちろんアツアツの実はすぐにとろけて、じゅわっと広がる。

ああ、たまらない！

「お、美味しい……」

林檎の熱い果汁に、バターのコク。ふわりと香る、シナモンとラム、そしてジンジャー。

バニラアイスの冷たさと甘さ、ナッツの食感が楽しい。

リコッタチーズのパンケーキもふわふわで柔らかく、口に入れるとすぐに溶けてしまう。

わずかに感じる塩味もいい。

熱くて、冷たくて、じゅわっと溶けて、ふわりととろけて、カリコリした楽しい食感も。

甘みと、酸味と、塩味と——様々な香り。そのすべてが口の中で混然一体となり、私を楽しませてくれる。

フォークが止まらない。頬も緩みっぱなしだ。

そして——これに、ジンジャーロイヤルミルクティーがまた合う！

「〜〜〜っ！　ああ、もう……幸せっ……」

「——それはよかった」

響さんが頷く。いつもの無表情だったけれど、なんだか満足げに見えた。

「ちょっとピリッとした辛みを感じることがあるんですけど、ブラックペッパー？」

「ああ。それとクローブだな。ラムレーズンと、香りづけのジンジャーと一緒にバターに混ぜて、それを芯をくりぬいた林檎に詰めて焼いた」

「これがまたいいアクセントで……。すごく美味しいです」

さっきまで、何を食べても味を感じなかったのが、嘘みたいだ。

「本当に……魔法使いみたいですね」

「本当に、魔法使いなんだけどな」

「え……？」

「僕らの母方の祖母が、古きブリテンの流れを汲む白魔女なんですよ」

戻ってきた奏さんが、店内に入るなり言う。私は振り返って奏さんを見、それからカウンターの奥の響さんに視線を戻して、首を傾げた。

白――魔女？

「あ、イタいなと思いました？　その歳でまだ厨二病を患っているのかって」

響さんの隣に立った奏さんが、目を細める。私は、慌てて首を横に振った。

「い、いいえ！　そ、そんなことは……。た、ただ、意味がわからなかっただけで！　ほ、本当に……それだけでして！　……あの、す、すみません……」

「……いや、謝らなくていい。今のは、奏の意地悪だ」

ニコニコしている奏さんをにらみつけ、響さんがため息をつく。

「呪文を唱えて、杖を振って、奇跡を起こす――いわゆるファンタジーの『魔法使い』のことじゃない。ヨーロッパの歴史において、民間呪術を生業(なりわい)としていた人間のことだ」

「民間、呪術?」

「ああ。英国では、カニングマン、あるいはカニングウーマンと呼ばれることが多かったようだ。博識な人、器用な人という意味だな。ほかにも、拝み屋、呪医、白魔女、魔法使いなどと呼ばれた」

「拝み屋……魔法使い……」

私はパンケーキを口に入れて、下を向いた。

胡散臭さが増してしまったような気がするのだけれど、気のせいだろうか?

「その主な仕事は、治療・調薬・占いなどだな。薬草や民間療法に通じていて、月や太陽、星に詳しく、さらに人体の研究も独自に進めていた。それらを、彼らは様々な方法で生活に取り入れていたんだ」

「この説明だとまだまだ胡散臭さを感じるでしょうけど、古代中国の中医や食医のようなものだといえば、そうでもないのでは? 中医は漢方——薬術に明るく、人体に精通し、鍼灸の技でもって人々を治療していました。食医は、今で言う栄養士でしょうか。必要な栄養素を食物から適切に取り入れることで身体を健康に保ち、病気を未然に防ぐのが主な役割です」

漢方医に、鍼灸師に、栄養士——?

「あ……! そっか。漢方……。考えてみれば、あれも一部はハーブですね」

私の呟きに、奏さんがにっこり笑って頷く。

「そして占いも、詳細な天体や天文現象の観測——天文学がベースであることが多いです。中国でももちろん盛んでしたが、日本でもそれを取り入れ、平安時代は天体観測をもとに、陰陽五行説、十干十二支などと照らし合わせて詳細な暦を作成して、高貴な方々はそれに基づいて行動していました。今も一部残っていますよ。六曜などがそれです。大安、仏滅。あとは、二十四節気など。春分、秋分、夏至、冬至」

「あ……！」

よく考えたら節句とかもそうだ。あとは雑節も。節分とか、土用(どよう)の丑(うし)とか、半夏生とか、お彼岸とか。

普段はあまり意識しないけれど、確かに自然と生活に根づいている。

「女性はとくにですが、人間の身体は月の満ち欠けの影響を受けています。気圧の変化にも敏感に反応します。天文の知識も、健康に過ごすためには実はとても必要なものです」

そうか。ファンタジーの中のイメージが強いだけで——。

「まだ科学が発達していなかった時代に、そんな——自然を学び、知り尽くし、暮らしに役立てる知恵を持った人間を、人々は敬意を込めて、『魔法使い』と呼んだんだ」

響さんの言葉に、私は大きく頷いた。

「お二人のお祖母(ばあ)さまが、それを生業としていらっしゃったと……」

「正確には、祖母自身がそれを仕事としていたわけではなく、代々そういうことを生業としていた家に生まれたんです。そのため、幼いころから、そういった先人の知恵に当たり前に触れて――そうですね。それとともに生きてきたと言っても過言ではないでしょう」

「魔法使いの知恵や技とともに、生きてきた……」

「ええ。そんな祖母は、戦後――通訳の仕事で日本を訪れ、祖母曰く『大恋愛のすえ』に日本人男性と結婚しました。『郷に入っては郷に従え』と言いますが、彼女は姑にどれだけ小言を食らってもまったくめげることなく自身の知識と技をフル活用し、当時はまだ珍しく入手が困難だった様々な西洋ハーブを自ら育てて、愛する夫の心と身体を常にいたわり、癒やし、健康を損なわないよう、病気を未然に防ぐよう、尽くしたんです」

「その教えを、お母さまも、響さんも奏さんも受け継いでいるということですか？」

「そうですね。母も、僕らも、祖母の影響で小さいころからそういったものに当たり前に触れてきました。――四年前、祖母が他界した際、母が祖母のハーブ園を受け継ぎました。僕らは横浜のほうに住んでいたのですが、それによりこちらに移り住むことに。そして、祖母のハーブを生かすべく、三年前にオープンしたのが『星の匣』です」

焼き林檎を切る手が止まる。私は目を丸くして、まじまじと奏さんを見つめた。

祖母のハーブを、生かすべく――？

「え……？　じゃあ、『星の匣』のハーブの商品は……」

「もちろん、使っているハーブはすべて、母が育てたものです。ハーブ系の商品も、ほぼ母が作っています。キャンドル、エッセンシャルオイル、アロマオイル、石鹸──あとは各種バスグッズ、ドライハーブやドライフラワーなんかもそうですね」

「あ、あの量を、お一人で……？」

ハーブを育てながら？　雑貨店を営みながら？　何それ。すごすぎる！

「そして、二年前、二人で本業の傍ら──ほとんど趣味ではじめたのが、この『ステラ・アルカ』です」

「えっ⁉　ほ、本業の、傍ら……？　『ステラ・アルカ』のシェフとマスターが本業なんじゃないんですか？」

思いがけない言葉に驚いて声を上げた私に、二人もまた驚いたらしい。顔を見合わせて、何を言っているんだとばかりに首を傾げた。

「そりゃ、そうだろう。流石にこれが本業だったら、鍵を見つけることができた人間だけ受け入れるなんてシステムにはしない」

「僕らはファンタジーの『魔法使い』ではありませんから、奇跡は起こせません。それで利益を出すことなどできませんよ」

「……あ……」

言われてみれば、そうだ。入店を極端に限定したあのシステムでは、黒字にするだけで、それはもう『奇跡』と呼ぶべきことだ。その上で、お二人が暮らしていけるだけの利益を生むことは——この世に絶対はないとはいえ、それでも限りなく絶対的に不可能だろう。

焼き林檎の最後の一口を頬張る。しっかり咀嚼して、飲み込んで——ラムとシナモンの風味が口の中から消えないうちに、ミルクティーを啜る。

確かに、少し考えればわかることだけど——そこに思いいたらなかったのは仕方ないと思う。決して、私の思慮が足りないせいじゃない。

だって、こんなに素晴らしいクオリティのスイーツや紅茶が出てくる店なのだから。雰囲気も最高。居心地だって抜群。少なくとも私にとっては、どんな高級店よりも価値のあるお店だ。誰だって、本業の傍ら趣味でやってるお店だなんて思わないだろう。

私は銀器を揃えて置くと、胸の前でしっかりと両手を合わせた。

「ごちそうさまでした。本当に美味しかったです！」

心も身体も満たされた——大きな実感。私はそのまま両手を握り合わせ、微笑んだ。

「また『味わう』ことができなくなっていたのもあって、なんていうか……沁みました。本当にありがとうございます！」

「……そのようですね。橘さま、今度はどうされたんですか？」

奏さんが首を傾げる。私は答えようとして——しかし、ふと目を見開き、口を噤んだ。

「え……？　今度は、って……」

私がボロボロの状態でここにやってきたのは、まだ先週の月曜日のこと。それなのに、奏さんの口ぶりはまるで、その時抱えていた問題がまだ解決していないとは微塵も思っていないかのようだった。

「あ、あの……私、別件だって言いましたっけ……？」

「いえ、伺っていませんが。でも、そうでしょう？」

正しくは、別件とも言いがたいのだけれど。それでも、やっぱり、あの時に抱えていた悩みと、今抱えているそれは違うものだ。

「えっと……どうして……？」

「え？　ご様子からですよ、顔色は決してよくありませんが、しかし先週とは比べものになりません。あの時は、本当にひどいものでしたから。足取りもしっかりしていて、視線もほとんど泳ぐことなく、店に入ってらした時には笑顔も見せていただけました。肌荒れもだいぶよくなったようで。睡眠も取れているのか、目の下のクマもほぼ消えていますし」

「えっ⁉」

思わず、両手で頰を包む。

「そ、そこまで見てらしたんですか……？」

「もちろん。お客さまの心と身体の状態をきちんと見極めなければ、その身体をいたわり、心を癒やすことはできませんから。サインは見逃しませんよ」

奏さんがにっこり笑って、目もとを人差し指でトントンと叩く。

「先週の月曜日からもうすでに一週間以上——橘さまをボロボロにしたあの一件が、未だに解決していないのであれば、橘さまはあの時よりもさらにひどい状態になっているはずです。今はよい薬もありますので、身体はともかくとして、心のほうは間違いなく」

「……あ……」

「憂いや悩み、ストレスを抱えていても、あれほど追い詰められてはいない——ですから別件なのではないかと。いえ——そうですね。一旦は解決したけれど、別の角度から別の悩みが生まれたといったところでしょうか？」

「お、お見それいたしました……」

私は深いため息をつくと、先週の月曜日——このお店を訪れてからのことを、お二人にすべて話した。数時間前、志保に話したのとほぼ同じ内容を。

黙って聞いていた二人は——私がすべてを話し終えて口を閉じた瞬間、なんだそれはといわんばかりに頭を振った。

「……それはストレスを感じて当然だな」

「なんだろうね？　すごく気持ち悪いね」

奏さんが腕を組み、うーんと考え込む。

「では橘さまは、ゴミとつきあっていたことは伏せておくことにされたんですね？」

ゴミって……。

「……はい。すごく悩んだんです。黙っておくのは、自分がしてしまったことを隠すのと同じです。それはとても卑怯なことかもしれない。でも――やっぱり、先輩は今、すごく幸せそうなんです。それを、壊したくなくて……」

知らなかったとはいえ、先輩の恋人とつきあっていただけでなく、それを告げることで先輩の現在の幸せにヒビを入れ、ひどく悩ませてしまうのは、二重の罪ではないのか。

「それは、ゴミには？」

「……一回目はスルーしましたけど、荒木さんのことをゴミって呼ぶのはやめてもらっていいですか？ なんか、定着しそうで怖いです……」

「定着してもいいのでは？ ここだけの話なんですし」

――周りからゴミと呼ばれる人とつきあっていたんだと思うと悲しくなるので、やめてください。

私は再度息をついて、「話しましたよ。そこは、ちゃんと」と頷いた。

「荒木さんは、私と違って、そもそもすべてわかった上でやっていましたから、自分から裏切り行為を告白することはないでしょうけれど、それでもちゃんと言っておくべきかと思って。私とのことは先輩には話しませんから、もう先輩を裏切るような真似はしないでくださいとお願いしました」
「……ゴミには願ったり叶ったりの状況のはずだよねぇ？」
奏さんが眉をひそめて、響さんを見る。
「橘さまと別れたくないなら、そもそも橘さまの先輩にプロポーズなんてしないよね？
橘さまの性格的には、大切な人を騙して、裏切る恋愛をよしとするはずがないわけで」
「――そう思う。先輩にプロポーズをした時点で、彼女とは別れることになる。それは、
わかっていたはずだ。いくらゴミでも」
響さんまで！
「別れてやるものかとしがみつかれることもなく、騙されていた腹いせにとすべてをぶち
まけられることもなく、自身の力で気持ちの整理をつけてくれて、別れを決意してくれて、
これからも秘密を守ってくれる。ゴミ的には最高だよ。それなのに、なんなんだろうね？
大きめの隕石が頭の上に落ちて、拳大の肉片すら残らない感じで死んでほしい」
「その最高の状況を、わざわざ危うくするような行動を取るなんて――ゴミの思考回路は
奇怪で理解できないな。それが、ゴミのゴミたる所以なのかもしれないが。久しぶりに、
お前の『死んでほしい』発言に、全面同意した」
そこまで言いますか。
「……お、怒ってます……？」

笑顔と無表情だけど、空気がなんだか不穏なんですが。

「……アンタに怒ってどうする」

「いえ、でも……」

「橘さまにブチギレしたらゴミがこの世から駆除されるというなら、怒りますけどね」

「さ、流石に、この世から駆除されるほどの罪ではないと思います……」

うっかりバチでも当たってしまったら、それはそれで困ってしまうので、あまり呪いを言葉にしないでいただけると助かります。

「前にも話したとおり、荒木さんの件を抜きにしても、今の仕事に限界を感じていて……この際思いきって転職するのもいいかもとも思うのですが……」

根気よく指導してくれた先輩には申し訳ないけれど、でも環境からガラッと変えてしまうのもありだと思う。なまじ仕事上の接点が残っているからいけないのかもしれない。

それすらなくなってしまえば、悩まされることはきっとなくなる。

「ああ、今の仕事は自分に向いていないのではないかっておっしゃってましたね」

「そうなんです。でも私、最初の就職も結構苦労したので、踏ん切りがつかなくて……。それに、何か特技があるわけでも、特別やりたいことがあるわけでもないし……」

自分に何ができるのかも、わからなくて――。

言っていて情けなくなってきて、思わず目を伏せた、その時だった。

「話は聞かせてもらったわ～」

入り口のほうから、のんびりした声がする。私は驚いて、そちらを振り返った。

「オ、オーナーさん……？」

そこには、食器を持った魔女――雑貨店のオーナーさんが。黒は女を美しくするというけれど、魔女風ワンピースをまとった彼女は、今日も輝かんばかりに綺麗だ。

「『店は』」

響さんと奏さんが眉を寄せ、声をハモらせる。

「いやぁね。わかっているくせに」

魔女がにっこり笑う。奏さんがやれやれと息をついて、カウンターから出た。

「……ちょっと店番してくる」

「お願いね。奏ちゃん」

出ていく奏さんと入れ替わるように、魔女が軽い足取りで入ってくる。

「スイーツが美味しくて、フォションのアップルティーが飲みたくなっちゃって、頼みにきたの。そうしたら、お話が聞こえて」

そして隣の席に座ると、にっこり笑って私の顔を覗き込んだ。

「ちょっとだけ立ち聞きしちゃった。ごめんなさいね？」

「あ、いえ……」

カップボードにもたれた響さんが肩をすくめるのを横目で見ながら、首を横に振る。

「自己紹介がまだだったわね。私は、御子柴花音（みこしばかのん）というの。この子たちの母で、『星の匣』のオーナーをしているわ。年齢はこの前に言ったわね？」

「あ……。橘千優と申します。二十四歳。今は一応、Ｗｅｂデザイナーをしています」

「そう。千優ちゃんね」

魔女――花音さんが両手を握り合わせ、ずいっと身を乗り出す。

そして、キラキラした目で真っ直ぐに私を見つめて――それを口にした。

「ものは相談なのだけれど、千優ちゃん。『星の匣』で働く気はないかしら？」

「――っ⁉」

予想だにしていなかった言葉に、思わず目を見開く。

「えっ⁉　わ、私ですか⁉」

「そう。前にも言ったけど、私、今年五十路（いそじ）なの。体力の衰えを感じる今日このごろなんだけど、逆にお客さまの来店数と売り上げは、ありがたいことに増え続けていてね？」

花音さんはそこで言葉を切ると、私を見つめたまま小首を傾げた。

「ええと、『星の匣』のハーブ商品は、ほとんど私が作っていることは聞いたかしら？ハーブを育てるところからすべてやっているのだけれど」

「あ、はい。伺いました。あの量を、お一人で作ってらっしゃるなんて……」

「もともとはね？　私の母が、この地でハーブを育てていたの。もちろん自分たちで使うためだったんだけど、お友達やご近所さんにも評判でね？　母が亡くなった時――多くの方が、それを惜しんでくださったの。私自身――その時は横浜に住んでいたのだけれど、定期的に送ってもらっていたハーブがこれからは……って考えると寂しくて……」

悲しげな苦笑を浮かべて、花音さんが俯く。

「母の死を思い知らされるようで……。だって、母はハーブとともに生きてきた人だったから。ハーブの存在は、私にとって母そのものと言っても過言ではなかったの」

「……オーナー……」

「だから、どうしても母のハーブ園を失くしたくなくて、こちらに移り住んだの。そして、母のハーブを楽しみにしていてくださった方々がこれからもそれを手にすることができるようにと、『星の匣』をはじめたのよ。本当は直接お分けできればよかったんだけど……私、結婚してから離れて暮らしていたから、母の交友関係を把握してなくて……」

そっとため息をついた花音さんだったけれど、すぐに気を取り直したように顔を上げて、にっこりと笑った。

「でね？　さっきも言ったように、ありがたいことに、お客さまの来店数も売り上げも、右肩上がりなの。そうなると――私はもうおばあちゃんだから、すべてを一人でやるのはキツくなってきちゃって……」

——花音さんを『おばあちゃん』だなんて絶対に思わないけれど、でもすべてを一人でやるのがとても大変なことはわかる。だって、農作業に、商品作りに、お店の経営だもの。むしろ、年齢とか関係あるのかな？　若くて、気力や体力に満ちあふれていても、とてもキツいことだと思う。

私なら、絶対にできない。それだけは断言できる。

「だから、お店と手仕事を手伝ってくれる人を探していたんだけどね？　でも、広く募集することはできなくて……。というより、したくなくて？」

「え……？　ど、どうしてですか？」

そうしたほうが、本当に頼りになる有能な人を見つけられると思うのだけれど。

私の言葉に——しかし花音さんはひどく嫌そうに顔をしかめた。

「そうかもしれないけれど、その有能な人物が見つかるまで、どれだけの人数の女の子を面接しないといけないのかと思うと、うんざりするわぁ。うちの子たち、このあたりではちょっとした有名人なのよ。ホラ、私に似て、顔だけは無駄にいいから」

——ほかの人が言ったら、嫌味か、あるいはうぬぼれがすぎた妄言に聞こえるのだろうけれど、花音さんだとただの事実だから仕方がない。

そういえば、先輩も言っていた。『神戸北野には、有名な双子がいる』と。

「どちらも、表情筋はまともな仕事ができないのにねぇ？　おかしいと思わない？」

「……え、ええと……」

まさか本人の前で頷くわけにもいかず、なんとか笑って誤魔化す。

「広く募集してしまうと、うちの子たち目当てじゃない子を探すのがまず難しくなるし、それに『ステラ・アルカ』のこともあるから……」

「『ステラ・アルカ』のこと……ですか？」

「ええ、そう」

花音さんが響さんを見て、ふふふと笑う。

「この店の存在を知っていて、秘密が守れて、この店のよさを、ちゃんと理解してくれる子じゃなきゃ駄目だわ。お客さまにとってだけじゃない。この子たちにとっても、ここは大事な場所なの」

「響さんと、奏さんにとっても……」

私は噛み締めるように呟いて、唇を綻ばせた。

「……そうですね。ただの趣味でないことは、私にすらわかります」

だって——ここは、泣きたくなるほど優しく、温かい。

経営のことは詳しくないけれど——それでも極端にお客さまの入店を制限した状態で、お店を維持するのが生半可なことではないことはわかる。

お家賃や光熱費だけでもきっとかなりのものだろうし、いつ、どのような悩みを抱えてお客さまが来るかわからないのだ。食材だって、常にある程度は揃えておく必要がある。普通は、そういった経費を、お客さまを広く呼んで売り上げを上げることで、回収するものだ。回収した上で、余剰の売り上げ——利益を生むべく、努力をするものだ。

だけど、二人はそれをしていない。

本当にこの場所を必要としている人のために在ることだけを、考えている。

二人が、月々どれだけの金銭的負担を抱えているのか——私には想像もできない。

私は、目の前のティーカップを見つめて、目を細めた。

金銭的なことだけではない。ティーカップもお皿も銀器類も——すべてがピカピカだ。わずかな曇りもない。今日も来た時、奏さんは茶器を磨いていた。

店内も同じ。床にも、壁にも、様々なインテリアにも——塵（ちり）一つ、埃（ほこり）一つ見当たらない。掃除が、隅の隅まで行き届いている。見たことはないけれど、厨房のほうも同じだろう。床も、壁も、調理器具も、ピカピカに違いない。

そして——奏さんは、一ヶ月かけてオリジナルのロイヤルミルクティーの、響さんは、三ヶ月かけてオリジナルのジンジャーシロップのレシピを考案したという。お客さまに、身体によく、美味しいものを食していただくために、何度も何度も試作を繰り返して。

あらためて、ぐるりと店内を見回す。

入店を制限するのは、ゆったりとした時間を提供するため。悩みを抱えるお客さまと、じっくりお話をするため。

インテリアに細部までこだわるのも、掃除を徹底するのも、お店の雰囲気を守るため。

ひいては、お客さまにゆっくりとくつろいでもらうため。

一切の妥協をせずレシピを追究するのも、そう。

すべては——お客さまの心と身体を癒やすため。

そのたゆまぬ努力には、脱帽するしかない。

お二人は趣味だと言っていたけれど、好きなだけでは絶対にできないことだと思う。

利益も、何もかもを度外視して、ただお客さまのためだけに。

それがどれだけ難しいことか——普通はできないことだからこそ、この場所がどれだけ希少か、素晴らしく尊いか、私も助けられた一人だから、わかる。

好きなだけでは、できない。自己犠牲のご奉仕精神だけでは、続かない。

お客さまの心と身体を癒やすことが——お客さまにひとときの幸福をもたらすことが、響さんと奏さんの幸せに繋がるからこそなのだと思う。

「幸せが幸せを呼ぶ場所だから、ここはこんなにも優しく……温かいんですよね」

「……！」

私の言葉に、響さんが目を見開く。

「そうなの。ここは、うちの子の幸せのために、絶対に必要な場所なの。それがわかってくれる人じゃなきゃ、駄目なのよ」

なんだかポカンとしている響さんを横目で見て、花音さんが嬉しそうに微笑んだ。

「話を少し戻すと、うちの子が目当てじゃないこと。そして――『ステラ・アルカ』の価値を本当の意味で理解してくれること。三つ目の条件は、もの作りの苦労を知っていること。千優ちゃんは、大丈夫よね？　それが悩みの一つだったのでしょう？」

「……え……」

思わず響さんを見ると、少し慌てた様子で「話してはいない」と首を横に振る。

「客に打ち明けてもらった悩みを――いくら家族相手にでも、話したりしない。それは、最低限の礼儀だと思っている」

「ええ。直接聞いたわけじゃないの。二人が話しているのを私が聞いてしまっただけなの。ごめんなさいね？」

花音さんがひどく申し訳なさそうに手を合わせ、頭を下げる。

「誤解のないように言うと、ここ以外の場所で二人がお客さまの悩みについて話すこともほとんどないのよ？　ただ、千優ちゃんのことは、よほど心配だったみたいで……少しね。それを聞いてしまったの」

再び、視線を響さんへ。すると――響さんはバツが悪そうに顔を歪(ゆが)めて、俯いた。

「――悪い。少しだけ話した。アンタがあの状況で、先輩のことを一番に考えていたのが、俺らにはちょっとした衝撃だったのもあって……。そんなアンタだから……」

響さんの声が小さくなってゆく。

「早く元気になってくれるといい。これ以上つらい思いをしないといい。仕事のほうも、上手くいくといいなという話を――」

「あ……い、いえ、大丈夫です。その……咎める意味で見たわけじゃなくて……」

二人が私を心配してくれていたことに驚いて――そして嬉しかっただけで。

「気分を害したりはしてませんから、気にしないでください」

首を横に振って、微笑む。花音さんがホッとしたように息をついた。

「あ、でも、その話を聞く前から、千優ちゃんはもの作りを知っている子だとは思っていたのよ？　きっとそうだって」

「え？　どうしてですか？」

「え？　ハーフアップにしていた髪を留めていたバレッタと、バッグチャームとピアスが、手作り品だったから。作品のテイスト的に同じ作家さんなのは間違いないけれど、お店に入ってきた時、雑貨作家さんの作品やアクセサリーパーツにすぐに目が行っていたから、もしかしたら、雑貨作りをする子なのかも。身につけているのも自分で作ったものなのかもしれないって思ったの」

あ、当たってる……。

ここでは、ずばずばとものを言い当てられてばかりだ。魔法使いも魔女も、本当によく人を見ている。

「そうでなくともね？　手作り品が好きで、日常的に身につけていて、お気に入りの雑貨作家さんがいる子が、もの作りの苦労や、喜びや、作品に込められた思いを、理解していないなんてことはないと思うの」

驚いて言葉もない私に笑いかけて、花音さんが指を四本立てる。

「四つ目は、他人を気遣える――優しい気性であること」

「っ……！」

それも、断片的に聞きかじった内容から、察したのだろうか？

私は、思わず俯いた。

でも、私は――。

「最後は、うちの子たちや私と、上手くやっていけそうな子であること。うちの子たちが家で話題にしていたぐらいだから、これも大丈夫だと思うわ」

花音さんが言葉を続ける。

「広く募らない状態で、すべての条件をクリアーした子を見つけるのはとても難しいことだったわ。実は、一年近く探していたのよ」

「……！　一年も……」

「そうなのよ。でも、うちで働かないかって勧誘するのは、悩みを解決して、これからも今のお仕事を頑張ってゆこうという千優ちゃんの決意に水を差すことにもなるじゃない？だから、せっかくすべての条件に合う子なのに、うちに来てもらうのは無理そうだなって残念に思っていたのだけれど……でも、転職を考えているって聞こえて……」

両手を合わせて、少し悪戯っぽく、うふふと笑う。

「よそに取られないうちにと思って、声をかけさせてもらっちゃった」

その笑顔は本当に楽しげで、若々しく——そして綺麗だった。つられて、私まで笑顔になってしまいそうなほど。

でも、私は——。

「でも……私は、先輩に、とてもひどいことをして……」

私は唇を嚙み、膝の上の手を固く握り締めた。

「人を気遣えるなんて、とんでもないです……。自分の罪を、先輩に告白しないのも……先輩のためと言いながら……ただ、詰られるのが、責められるのが、嫌われるのが、怖いだけなのかもしれません……。ズルい、だけなのかも……」

そんな、私が——。

「……っ……」

胸が熱くなる。私は胸もとで両手を握り合わせた。

そんな私が、こんなことを望んではいけない。

わかっているのに──ドキドキしてしまう。

気持ちが、高揚する。

私はゴクリと息を呑むと、穏やかに微笑む花音さんを見つめた。

「そ、そんな私でも……誰かを幸せにすることができるのでしょうか……？」

誇れるような特技は何もない。要領もよくない。──というか、かなりどんくさいほうだと思う。覚えだって、悪くはないだろうけど、決してよくはないと思う。さらに言うなら、何かと貧乏くじを引きがちでもある。

半年間も荒木さんに騙されていたことを思えば──かなりニブいのだろう。

そんなことを考えるだけでもおこがましいと、わかっているけれど。

それでも──！

「私に、誰かを幸せにする、お手伝いができますか……？」

花音さんが、響さんと奏さんが、お客さまを幸せにする──そのお手伝いがしたい。

「──ええ。千優ちゃんは、きっと素敵な魔女になるわ」

花音さんが、鮮やかな笑顔で頷く。

私は身を乗り出し、花音さんの手を両手で握り締めて、言った。

「やり、たい……です！　やらせてください！」

荒木さんから——抱えている問題から、逃げるためじゃない。

その件がなくったって、私は飛びついていたと思う。

だって、誰かを幸せにする幸せを、私も味わってみたいから。

それは——響さんと奏さんを夢中にさせているように、たまらなく甘美な味なのだと思うから。

「どうか……お願いします!」

自分以外の誰かのために。

ひいては、自分のために。

私も——!

❸

「じゃあ、明日——上司に退職の件について相談して、連絡しますね」

ボールペンをカチカチしながら、メモを見直す。

基本的には、『星の匣』での接客・販売と、『星の匣』に並べる商品作りのお手伝い。

最初のうちは、花音さんもほぼフルでお店に入ってくれるから、『ステラ・アルカ』でハーブの効能や取り扱いについて勉強する。

そのほかにも、身体と心のサインなど、外的情報からお客さまの状態を知る術も学ぶ。

『星の匣』は、火曜日休み。営業時間は、十一時から十九時まで。

『ステラ・アルカ』は、火曜日と、土日祝が休み。営業時間は、十三時から十八時まで。

ただし、お客さまが来店されている場合は、その限りではない。

そして、給与や福利厚生などの、基本的労働条件。

――訊き忘れも、書きもれもないはず。

「急がなくても大丈夫だから、最後までお仕事、しっかりね。でも、無理はしないように。悩みの件――つらい時は連絡してね。お店の営業時間じゃなくても大丈夫だから」

「はい！」

手帳をバッグにしまって、頷く。

「本当に……ありがとうございます！　頑張ります！」

席を立って、あらためて頭を下げる。

すると――花音さんは「いやいや」と手を振って、にっこりと笑った。

「お礼を言うのは、こちらのほうよ。ありがとう。千優ちゃん。これからよろしくね」

ああ、今回も――店を出る時は、ほこほこと心が温かい。自然と笑顔になってしまう。

本当に、すごいと思う。心の底から憧れる。

ああ、『星の匣』と『ステラ・アルカ』のお手伝いができるなんて――夢みたいだ。

「では──」

身支度を整え、再び深々と頭を下げる。

「気をつけて帰ってね～」

花音さんがヒラヒラと手を振ってくれる。

と同時に、カウンターの奥の扉が開いて、響さんが顔を覗かせた。

「待ってくれ。これを──」

響さんにも『ありがとうございました』と頭を下げようとした瞬間、彼はそう言って、カウンターの外に出てくる。その手には、小さな紙袋が。

「……？　なんですか？」

「林檎のアイスボックスクッキーだ。焼き林檎を作る時に一緒に仕込んでおいたんだが、さっきアンタが諸条件を確認している間に、焼いたんだ」

「えっ……？」

林檎の──クッキー？

ああ、確か、林檎は栄養豊富で、その香りにはストレス軽減効果があるって……。

「皮ごとすりおろした林檎がたっぷり入っている。逆に、砂糖や油脂はかなり控えめだ。明日の、おやつにでも」

そう言って──紙袋を私の手の上にのせてくれる。

私を映したヘーゼルの瞳が、優しく煌めいた。

「あとしばらく――頑張れ」

「っ……！　はい！」

ああ、本当にこの人は。どこまで優しく、温かいのだろう。

「ありがとう……ございます……！」

私は、その小さな紙袋をそっと抱き締めた。

これだけで、明日――何があっても頑張れる気がした。

「……見送ってくる。ついでに、上の閉店作業もしてくる」

「そうしてくれる？　じゃあ奏ちゃんには、すぐに戻るように言ってね～。フォションのアップルティーが飲みたいの～」

私の背をポンと叩いてから、響さんが後ろを振り返って言う。

カウンターに身体を預けた花音さんは和やかに笑って、またヒラヒラと手を振った。

「……行こう」

「あ、はい」

再度花音さんにご挨拶をして、響さんとともに上へ。

『星の匣』に繋がるドアを開けると、レジカウンターの奥に座っていた奏さんが、「ああ、やっと出てきた」と言って、ゆっくりと立ち上がった。

「お疲れさま。これからよろしくね」

お客さまに対してではない——砕けた口調に、そして『よろしく』の一言に、驚く。

「え……？　えっ⁉　ど、どうして……」

奏さんは、ずっと『星の匣』にいたのに。

その疑問に対しても、口に出す前に答えをくれる。

「口を挟んできたタイミングがタイミングだったから。母が、スタッフを探していたのは知っているし、そりゃあ気づくよ」

——本当にどうなっているの？　その察しのよさ。このレベルの洞察力が、魔法使いの必須条件じゃなきゃいいけれど。身につけられる気がしないから。

「もうお客さまじゃないから、敬語はなし。笑顔も全開でいくからね」

「……まるで、今まで手加減していたかのような言い方ですね？」

笑顔を手加減するって何？

「まぁ、怖がらせないように気をつけてはいたね」

——それがそもそもおかしいのだけれど。笑顔って怖いものじゃなかったはず。

響さんが扉を開けると、外はすっかり藍色に染まっていた。

「……送っていこうか」

「えっ⁉　いえ！　まだ十九時ですし！　大丈夫です！」

トーマス坂は閉まるのが早いお店がわりと多いけれど、でも北野坂まで下りれば、まだたくさんの人でにぎわっている。

それに——私はもうお客さまではないから。ここに勤めるようになれば、毎日、今より遅い時間に帰宅することにもなるわけだから。

「大丈夫です。締切前には、日付が変わってから歩いて帰ることなんてざらなんですよ。なので、慣れてますし……大丈夫です」

「……それは、大丈夫とは言わない。結果的に、何ごともなく済んだだけの話で、それは絶対に大丈夫じゃないからな」

響さんが眉を寄せて、「女の子なんだぞ?」と言う。出たな? 無自覚タラシ。

「と、とにかく……今日は早いですし、大丈夫です。本当に、大丈夫です」

あらためて丁重にお断りして、足早に外に出る。

「では——」

振り返って、頭を下げようとして——ふと、あることに気づいて、私は二人を見つめた。

「あ、そうだ……。魔法使いのお話を聞いた時に思ったんですけど……」

二人の話で、『魔法使い』が、呪文を唱え、杖を振って、奇跡を起こすファンタジーのそれでないことはわかった。

まだ科学が発達していなかった時代——。自然を学び、知り尽くし、暮らしに役立てる知恵を持った人間を、人々は敬意を込めて、『魔法使い』と呼んだと。

「お二人が、ハーブ——薬術ですね？　民間療法、栄養学……様々な知識と知恵と技術を駆使して、お客さまの心と身体を癒やしていることはわかりました。でも……」

確かに、二人の言動に『不思議』はなかった。ただ一つを除いては——。

「本当に助けを必要としている人だけが『ステラ・アルカ』に通じる鍵を見つけることができる……」

逆に、悩みを抱えていない人は、絶対にあの鍵を見つけられないのだという。

すべては、悩めるお客さまのためだけに。

その心と身体を癒やすための——『ステラ・アルカ』のシステム。

「あれは一体、どういう仕組みなんですか？」

薬学や栄養学や天文学などでは、説明がつかないと思うのだけれど。

その問いに、二人が顔を見合わせる。

そして、響さんは穏やかな、奏さんは鮮やかな笑みを浮かべると、その形のよい唇に、人差し指を当てた。

「「それは——企業秘密で」」

とても、意味深に。

ひどく、魔法使いらしく。

頑張るママのためのセイボリータルト

❶

魔法使いはとても忙しい。

「開店は十一時なんだけれど、出勤は朝九時。とにかくうちは、掃除が大変なの」

「……ですよねぇ？」

天井から下がるたくさんのランプを見上げる。色とりどりの光を放つ美しいそれらから優しく埃を払い、柔らかな布で磨き上げるだけで、かなりの時間を要するだろう。

「わ、私……。最初のうちはもう少し早く来てもいいですか？」

所狭しと並ぶ商品たち。そのすべてを美しく保たねばならない。アンティークグラスの香水瓶だけでもゆうに五十個はある。その掃除を、二時間で終えられる自信がない。

花音さんに、うちで働かないかと誘われてから――ほぼ一週間。

誘われた日の翌日――私は早速、退職の意思を上司に伝えた。最初は驚いていたけれど、先月末から体調を崩してボロボロになっていたり、ひどく落ち込んでいたりしている姿を見ていたからか、とても苦い顔で「……本当は引き留めたいんやけど」と呟きながらも、退職願を受け取ってくれた。

有給は、ほとんど取っていなかったのもあり、十二日間。

私がメインで請け負っている案件は、このまま引き続き最後までやること。それ以外の作業については、先輩とともにほかの人に割り振りをし、しっかり引き継ぎをするということで、上司と相談して、退職日は四月の末日となった。

しかしそれは、メインで請け負っている案件でトラブルがあっても対応できるように、かなり余裕を持たせた上での日付設定なため、実際に出勤するのは、四月末日の十二日前、四月十八日までの、月曜日と火曜日と土曜日となった。できることなら、それ以外の日に出勤しなければならない状況にはしないようにしたい。

そして、その旨を花音さんに報告。話し合った結果、四月末まで、水曜日から金曜日の週三日、『星の匣』でバイトをすることに。

花音さんは、心と身体の疲れを取るためにも、しばらくゆっくりしたらどうかと言ってくださったのだけれど――私が、どうしてもとお願いしたのだ。

そして――今日がその、初出勤日。

「ちゃ、ちゃんとできる、自信がないので……」

　私の小さな声に、花音さんがクスクスと笑った。

「大丈夫よう。最初のうちは私と一緒だから。最初から一人で任せたりしないって言ったでしょう？　それは営業時間だけじゃなく、準備も同じよ」

「そ、そうですか？　よかった……。あ！　いえ……もちろん、早く一人でできるようにならなきゃいけないことはわかってます。頑張ります」

「ふふふ。いいのよう。そんなに気負わなくても。ゆっくりで大丈夫だから。というより、ちゃんと時間をかけてほしいわ」

「え……？」

　意外な言葉に、思わず花音さんを見つめる。

「できるようになるまで、時間をかけてほしい……？」

「早く一人前になれるに越したことはないんじゃないか――って思う？」

　素直に頷く。覚えが悪くて、仕事が遅くて評価されるなど、聞いたことがない。

　戸惑う私を見上げて、花音さんはにっこりと笑った。

「んー……なんて言ったらいいのかしら？　覚えが遅くてもいいって言っているわけじゃないの。そうねぇ……。目標にする到達点が違うというべきかしら。『二時間でこの店の掃除ができるようになる』が最終目標なら、一週間ぐらいでできるようになると思うわ。

でも、私が求めているのはそこじゃないのよ」

「えっ……？」

そこじゃ――ない？

「ど、どういう……？」

「ええとね？　掃除の仕方にマニュアルなんてものはないから、最初は私のやり方を見て、覚えて、それをなぞることになると思うの。でも、それはあくまでも『私の手法』なのよ。千優ちゃんにとってやりやすい方法かといわれたら、必ずしもそうじゃないと思うわ」

「あ……！」

そうか。求められているのは、『二時間でこの店の掃除ができるようになること』ではなくて――。

「私にとって、一番やりやすい手順を見つけること……？」

「――そう。いろいろ模索して、時間的にも体力的にもこれが一番って手順を見つけて、今度はそれを何度も繰り返して、動きの無駄を省いていって――最適化。そうして培った『自分の手法』を、何も考えずとも勝手に手が動くまでに身に染み込ませて習慣化する。身体で覚えるというやつね」

ただ二時間で店の掃除ができるようになればいいってわけじゃないから、そこまでしてほしいから、時間をかけろと――。

「うちの店では掃除は本当に大切なことなの。もちろん、商品である以上綺麗に保つのは当たり前のこと。それはどの店でも同じ。だけど、うちは『魔法雑貨店』なの。わかる？　お客さまにとって、常に『異空間』で『非日常』でなくてはいけないのよ。品物が多すぎて掃除が行き届かないなんて――いかにも現実的でしょ？」

確かに、杖を一振りすれば、すべてが綺麗にもとどおり――そのほうが魔法使いらしい。逆に言えば、そんな魔法すら使えない魔法使いに、人は魅力など感じないだろう。

「だから、そこまでしてほしいのよ」

「はい……！」

表情を引き締めて頷くと、花音さんが「また、難しい顔してるわ～」とふふふと笑った。

「大丈夫よ。千優ちゃん。こうして言葉にすると、とても高度なことを要求しているように聞こえてしまうけれど、要は、ラクにできるようになりましょってこと。だって毎日のことなんだもの。クオリティを下げることない『ラク』を覚えるのよ。だから極端な話、掃除を一時間でできるようになったら、もちろん出勤時間は十時でいいのよ」

「えっ⁉　そうなんですか⁉」

「当然よう。早く終わらせた分、別のことをしなくちゃいけなくなるなら、なんのために時間の短縮・行動の最適化を頑張ったかわからないじゃない？」

そうか。理屈ではそうなるのか。今までは、始業時間に自身が抱えている仕事量なんてまったく関係なかったから、なんだか変な感じがしてしまうけれど。

「掃除が終わったら、お着替え。千優ちゃんには、これ！」

花音さんがうきうきした軽い足取りでレジカウンターへ行き、その足もとに置いてあった紙袋から何かを取り出す。

「じゃーん！　名づけて、見習い魔女のワンピース！」

「……！　う、うわぁ……！　可愛い！」

花音さんが広げて見せてくれたのは、デコルテスカラップが印象的な黒いワンピース。思わず歓声を上げた私は——だけどすぐに心配になって、裾のたっぷりとしたフリルを見つめた。

可愛いけれど、こういうの大好きだけれど、はたして地味な私に似合うだろうか。

「合わせる白のブラウスは、肩下から胸にかけて、ケープ風フリルをあしらってみました。お気に入りのクラシカルレースを使ったの。見て見て！」

「——ッ⁉　えっ⁉」

予想だにしていなかった言葉に、思わず大口を開けて花音さんを見——叫んでしまう。

「え、ええっ⁉　こ、これ、手作りなんですか⁉」

「え？　そうよ？　あら、知らなかった？　お店で売ってる魔女系ワンピースやマント、魔法使いのバッグ、布小物の一部は私の作品なの」

「え、えぇ～っ⁉」

ハーブを育てて、ハーブ系商品をすべて手作りして、それらを販売して、さらにはお店の経営をして——だけでもすごいのに。花音さん……どれだけ多才な人なの？

「さ。さ。事務所の奥にフィッティングルームがあるから、着替えてきて」

「お待たせいたし……えっ⁉」

「あ、可愛い」

おずおずとドアを開けると、店内には花音さんだけではなく、響さんと奏さんまでいて、思わず足を止め、ドアの陰に隠れてしまう。

「あらあら、千優ちゃん？　どうしたの？　見せて？」

タッチの差で私の姿を見ることができなかったのか、花音さんが不満げに言う。

「い、いえ……でも……え？　な、なんで……」

まだ『星の匣』開店前なのに、どうしているの？　だって『ステラ・アルカ』は十三時オープン。二人の出勤は大体正午前後という話だったのに。

「え？　そりゃあ、早く見たいに決まってるよねぇ？　千優ちゃんの魔女っ娘姿」

私の言わんとしていることを察したのか、奏さんがにっこり笑って、こともなげに言う。

「花音さん、昨夜は、そりゃあはりきってたんだから」

響さんも奏さんも、お店ではお母さまのことを『花音さん』と呼ぶ。それが、『星の匣ルール』なのだそう。ちなみに私も、同じように申しつけられている。『オーナー』とか『店長』といった呼び方はとても現実感があって、この店にはふさわしくないのだとか。

「そ、そうなん……です、か……？」

「そうだよ。あれだけウッキウキで作業されたら、気になっちゃうよ。仕方ない仕方ない。さ、ドアに隠れてないで出ておいで」

……キラキラ笑顔で両手を広げられても、恥ずかしさが増すだけなのだけれど。

両頬が熱くなるのがわかる。私は慌てて下を向いた。

「ワ、ワンピースはとても素敵なんですけど……私、こういう格好、したことなくて……。なんていうか、着慣れてなくて……」

スカートなんて、喪服と結婚式用のワンピースとリクルートスーツしか持っていない。こんなフリルたっぷりのロングワンピースは——スカートっぽく見えなくもないガウチョならあるけれど。ペチコートを穿いたのも、ものごころついて以来はじめてだった。

「あまりにもいつもの自分と違いすぎて、その……不安というか……なんだか今、猛烈に恥ずかしくてですね……」

「ああ、そうだね。うんうん。その気持ちわかるよ。でも、そこから出てこないと、まず仕事にならないからね？　さっさと諦めよう？」

「………」

——絶対に私の気持ち、わかってない。

その——まるで『手間かけさせるな』と言わんばかりの雑な言葉に、思わずため息。

でも、奏さんの言うとおり、いつまでも隠れていては仕事にならない。私は意を決して、扉の陰から出た。

「ど、どうです……か……？」

「きゃあ！　可愛いわ！　私ってば天才ね！」

花音さんが歓声を上げ、嬉しそうに両手を握り合わせる。

「うんうん。タンクワンピースにしたのは正解だったね。白いブラウスと合わせるから、印象が重くならない。見習い感も上手いこと出てて、初々しい感じ」

「ミモレ丈も可愛いわ。ただやっぱり、裾にフリルをあしらってはいるけれど、黒無地のシンプルな形だから、髪は遊びたいわね。ハーフアップも可愛いんだけど……」

「そうだね。サイドでひとまとめにしたり、お団子アップなんて可愛いと思う」

花音さんと奏さんがニコニコ笑顔で言う。

「じゃ、じゃあ……次回からは、か、髪をまとめてくるように、しますね……」

そりゃ、私だって女子のはしくれ。褒められれば嬉しいけれど——しかしいかんせん褒められ慣れてないものだから、いたたまれなさと冷や汗がすごい。

その上——褒めてくれる人が、奇跡の超絶美魔女とイケメンなんだもの。あなたたちに比べたら、私なんて駅のホームの床にへばりついたガムぐらいなもんなのに。

どうしてだか猛烈に謝りたい気持ちになっていると、黙ってこちらを見ていた響さんが、ふと傍らの商品を見る。そして、その一つを手に取ると、奏さんを手で退(の)けて、私の前へ。

その手にあったのは、革紐(ひも)のペンダント。

なんだろうと響さんを見上げた私の首に、無言でかけてくれる。大きな手が優しく髪を払って、心臓が大きな音を立てた。

「え？　え……ええと……？」

慌てて、胸もとで揺れるそれをつまむ。

それは——レジンで作られた鉱石風のペンダントトップだった。底は紫に近い青。上のほうは澄み切った夏の海のような青。煌めく光の粒子と、何か——巨大な生物の尾ビレが落とす影。まるで、私だけの海がそこにあるかのようだった。

「——うん、いいな」

響さんが、満足げに目を細める。

本当にささやかすぎるほどささやかな——かすかな笑みなのに、再び鼓動が跳ねる。

「あ、あの……」

「胸もとが寂しかったから。こういったものをつけるといいと思う」

「あ、あり……がとう、ございます……」

頬が熱くなるのを感じながら、私は下を向いた。

む、無自覚タラシが遺憾なく発揮されてしまっている。これ、心臓に悪いなぁ。

「ああ、そうだわ。言うのを忘れていたわね。うちはアクセサリーOKだから。この店のテイストに合うものだったら、なんでもOK。大きめの目立つものでも大丈夫。むしろ、商品の宣伝と思って、積極的につけてほしいぐらい」

花音さんが思い出したと言わんばかりに、手を打つ。

そういえば、花音さんもシャンデリアピアスに、いくつもの指輪をつけている。

「あとで俺が払うから、チェックしておいてくれ」

響さんが、ペンダントについていたらしい値札を、花音さんに差し出す。

「えっ⁉ わ、私、払います！」

「ん？ アンタの好みも聞かず、それを選んだのは俺だぞ？ 俺が払うのは当然だろう。気にするな。さして高いものでもない」

「で、でも……」

「そうよう。初出勤のお祝いぐらいに思って、気軽に受け取って大丈夫よ、千優ちゃん。そうだわ。気に入ったものがあれば、おうちにお迎えしてあげてね。契約作家さんの作品以外は、従業員割引もあるから」

オロオロする私の前で、花音さんがさっさと値札を受け取ってしまう。う……。本当にいいのかなぁ？

「お化粧も、オフィス用のナチュラルメイクである必要はないし、マニキュアなんかも、本来はOKなんだけど……。ああ、でも、千優ちゃんはしばらく『ステラ・アルカ』でのお勉強や業務もあるから、それはしないほうがいいかしら」

説明する途中で、私が『ステラ・アルカ』の手伝いもすることを思い出したらしい。花音さんが奏さんを見上げて、小首を傾げる。

奏さんは少し考え、首を縦に振った。

「そうだね。ほかのアクセサリーは外すことで対応もできるけど、お化粧やネイルはそうはいかないから……」

「あ、そっか……。『星の匣』ではよくても、『ステラ・アルカ』ではダメなこともあるんですね？　『ステラ・アルカ』は飲食店なのもあって……」

「うん。勉強を兼ねてのお手伝いだから、食材や料理に触れることはほぼないだろうし、あまりうるさくは言わないけどね。まぁ、でも、清潔感は大事かな。そのあたりは自分で考えて調整してくれる？　問題があったら言うから」

「はい。わかりました」

大きく頷いた――その時だった。

「――あのう」

扉が細く開いて、ドアベルが鳴る。その音に誘われるように、全員がそちらを見る。

顔を覗かせたのは、とても大人しそうな女の人だった。年のころは三十代前半といったところだろうか？　小柄で、春らしいふわふわのニットがよく似合っていた。

「あら、緑川さま。いらっしゃいませ」

花音さんがにっこり笑顔で、お客さまのもとへ。ほぼ同時に、響さんと奏さんが、レジカウンターの奥へと足を向ける。

「……開店前にごめんなさい」

緑川さまと呼ばれた女性が小さな声で謝る。その足には、小学一年生ぐらいだろうか？　これまた大人しそうな女の子が絡みついている。目が合ったので、小さく手を振るも――恥ずかしがって、緑川さまのスカートの陰に隠れてしまった。

「いいえ。構いませんよ。本日は――」

「あの……すみません。キャンセルを、お願いに……」

その言葉に、事務所へのドアを開けようとしていた響さんの手が止まる。

「金曜日に予約していたハーブバターを、その……キャンセルさせていただきたくて……。急なことなので、お代は支払いますから……」

ハーブバター？

思わず、ハーブのコーナーを見る。ハーブバターなんて、あったかな？

「わかりました。キャンセルですね。ああ、お代は結構です」

「いいんですか……？」

「ええ。廃棄になるわけではありませんので、お気になさらず。また、お時間のある時にいらしてくださいまし。お待ちしておりますわ」

ニコニコ笑顔で、花音さんが言う。しかし緑川さまは、笑顔を見せるどころか、なぜか悲しそうに下を向いてしまう。

そして足もとの女の子もまた、今にも泣き出しそうに顔を歪めて緑川さまのスカートを握り締めた。

「……じゃあ」

「はい。ありがとうございました」

目をそらしながら会釈をした緑川さまに、花音さんが深々と頭を下げる。私も慌てて、それに倣う。私の「ありがとうございました」に重なるように、ドアベルが鳴いた。

窓のすりガラスに、立ち去る緑川さまと娘さんのシルエットが映る。

緑川さまは肩を落とし、俯いているように見えた。

「……響ちゃん」

「――聞こえていた。キャンセルだな」

響さんが息をつく。私は再度ハーブのコーナーを見、それから響さんへと視線を移した。

「あの、ハーブバターって……売ってるんですか？」

ハーブバターは、その名のとおり様々なハーブを練り込んだバターだ。

バターといえば、普通は冷蔵か冷凍状態で販売されているもの。でも『星の匣』には、冷蔵庫も冷凍庫も置いていない。

「いや、常連さんから注文を受けて、特別に作っているだけだ」

「そうなんですか。商品として、常にあるわけじゃないと……」

「緑川さまのお母さまが、以前、うちの母と懇意にしてくださっていたのよ。緑川さまも、母の手作りハーブバターが大好きだったそうなの。それで、一年前、『また、あのハーブバターを食べたいのだけど』とリクエストをくださって」

花音さんがうふふと笑って、響さんを見る。

「響ちゃんと、母の書きつけを散々ひっくり返して、レシピを見つけて――再現したの。四種類あるのだけど、どれも美味しいのよ～」

そうなんだ。いいなぁ。食べてみたい。

「今は、リクエストをしてくださった緑川さまと、緑川さまから話を聞いた——以前から、母と交流があった数名の方だけが注文してくださっているわ。もし、注文したいって方がいらしたら、私を呼んでちょうだい」

「はい。わかりました」

私が頷くと、花音さんが「じゃあ、お店を開けましょうか。まずは、レジの使い方から教えるわね。大丈夫よ。簡単だから」とにっこり。もう一度元気よくお返事をして、気を引き締める。

さぁ、いよいよだ。

「少し——ご様子が変だったね」

「……そうだな」

「何もないといいんだけどね」

今度こそ事務所のドアを開けながら、響さんと奏さんが気遣わしげに視線を交わし合う。

私も花音さんのもとに駆け寄りながら、ふと眉をひそめた。

私は、普段の緑川さまを存じ上げない。だから、どれほどご様子がおかしかったのかはわからない。

けれど——緑川さまの足に絡みついていた娘さんの表情には、私ですら心に引っかかるものがあった。

震える手で、緑川さまのスカートを握り締めていた。
その潤んだ瞳は、真っ直ぐに緑川さまだけを映していた。
まるで――母親が沈んだ様子なのが、悲しくてたまらないといったように。

北野坂を上っていくと目に留まる――白とグリーンのコントラストが鮮やかな洋館。
神戸は北野異人館のスターバックスは、なんと国の登録有形文化財に指定されている、全国で唯一のとても珍しい店舗だ。
もともとは、明治四十年に建てられた木造二階建ての『異人館』。それが阪神・淡路大震災でダメージを受けてしまったため、一度解体。その部材を使って、現在の場所に移築・再建された建物だ。
もちろん建設当初の姿が忠実に再現されているため――当時のにぎやかで温かな食卓の雰囲気がそのまま味わえるダイニングルームに、写真やスケッチが壁一面に飾られているスタイリッシュなラウンジ。しっとりと落ち着いた雰囲気のゲストルームに、太陽の光がいっぱいに降り注ぐ、居心地のいいサンルームなどなど――趣の違う様々な部屋で珈琲を楽しめて、とっても素敵。

飴色の廊下に階段。鮮やかな赤い絨毯。レトロな風合いの窓に、豪華なシャンデリア。そこかしこに置かれた調度品も、当時の様子が感じられるアンティークで、テーブルや椅子も古びた風合いのものが多く、また部屋ごとの趣向にも合っていて、楽しい。

珈琲を片手に、どっぷりとノスタルジックな異国情緒に浸ることができる。

自宅も職場も海側の私は、なかなか山手側の北野に足を運ぶ機会がなく、今まで訪れたことがなかったのだけれど——先日はじめて中に入って、一発で気に入ってしまった。

位置的にも、トーマス坂を下り切って、すぐ。これから週に三日、『星の匣』でバイトさせてもらうことになる。だから、これは通うしかないと思っていたのだけれど——。

「…………」

私はポカンと口を開けて、スカートをつかむ小さな手を見下ろした。

「あ、あなた……」

あの子だった。二日前——緑川さまの足に絡みついていた、娘さん。

桜色のコーデュロイワンピースに白のカーディガン。髪をひとまとめにしたポンポンがとても可愛い。ななめがけしたポシェットは、ふわふわのボア。

小さな胸に『まじょのお茶会』という絵本を大事そうに抱いている。お気に入りなのか相当読み込んでいるようで、かなりボロボロだった。

「まじょの……おねえちゃん……」

「ど、どうしたの？」

スカートからそっとその手を外し、しゃがんで目線を合わせる。

「ええと、一人……なわけないよね？　ママは？」

「ママ……いない……」

女の子が、小さく首を横に振る。その答えに、さぁっと血の気が引いてゆく。

「ちょ、ちょっといいかな？」

店の真ん前では、店を利用したい人たちの邪魔になってしまう。そうでなくとも、このスターバックス北野異人館店は、素晴らしくフォトジェニック。スマホやカメラを構える人があとを絶たない。

私は女の子とともにお店の横の細道に移動し、あらためて女の子の正面に膝をついた。

「ええと……」

ポシェットについた、苺(いちご)のネームプレートを見る。

「彩菜(あやな)ちゃん？　もう一度訊くけど、ママは？」

「いない……」

「ええと……どこにいるかわかる？」

怒るような口調にならないよう、努めて優しく、笑顔で尋ねる。

「たぶん、おうち……」

もしかして、彩菜ちゃんは一人で出てきたということなのだろうか？　一瞬、青ざめたものの——しかしふと思い直す。家が近くなのかもしれない。それなら昼間だし、ここに一人でいても別段気にするようなことでもないのかも？　私も、小学一年生ぐらいの時、近所で一人で遊ぶことは普通にしたと思う。いや、でも——。

「ここ、観光地だしなぁ……」

二十年近く前に、田舎と言っても差し支えない場所でお子さまをやっていた私と一緒に考えてはいけないような気もする。

さて、どうしようか。う〜んと考えていると、彩菜ちゃんが小さく首を傾げる。

「まじょの、おねえちゃん……だよね……？」

「ん？　そうだよ。おねえちゃんは、見習い魔女だよ」

「みならい？」

「立派な魔女になるために、お勉強してる最中なの」

「おべんきょうちゅう、なの……」

彩菜ちゃんの顔が曇る。——しまった。頼りなく響いてしまっただろうか？　だけど、嘘をつくわけにもいかない。相手が子供だからといって、いいかげんなことを言うわけにも。

どうしようと思っていると、小さな手が私の指を握り締める。

「でも、みならいでも、まじょのおみせ、しってるよね？　このまえいたもんね？」

「え……？」

魔女のお店って——当然『星の匣』のことだろう。私と彩菜ちゃんが会ったといえば、そこしかない。

「もちろん。おねえちゃんが魔女のお勉強をしているところだもん。知ってるよ」

頷くと、彩菜ちゃんがぱぁっと顔を輝かせた。

「そ、そこに、いきたいの！　おねえちゃん！　つれてって！」

「え……？」

「まじょに、ママのりょうりを、なおしてもらうの！」

料理を、なおしてもらう——？

思わず目を見開いた私を見つめて、彩菜ちゃんが「でも……まじょのおみせのばしょ、彩菜、わかんなくなっちゃって……」と小さな声で言う。まさかの迷子だった！

「あ、危な……」

私を覚えててくれて、声をかけてくれてよかった！

「そっか。じゃあ、おねえちゃんと一緒に、魔女のお店に行こう」

ハーブバターの予約をたびたび承っていたということは、その際に連絡先も伺っているはず。つまりお店に戻れば、緑川さまに連絡することができる。

『料理をなおしてもらう』の意味はよくわからないけれど、まずはとにかく彩菜ちゃんが無事でいることを、緑川さまに伝えないと。きっと、心配してる。

私は立ち上がって、彩菜ちゃんの小さな手をしっかりと握った。

「魔女に、お願いを叶えてもらおうね！」

店に戻って事情を話すと、花音さんは「わかったわ。じゃあ、彩菜ちゃんと『ステラ・アルカ』で待っててくれる？」と言って、紅茶店に繋がるドアを指差した。

「え……？　でも……」

『ステラ・アルカ』は、鍵を見つけないと入れないんじゃ……。

戸惑う私に、花音さんがにっこり笑って、「大丈夫よ。彩菜ちゃんの様子からいって、緑川さまはきっと見つけると思うわ」と言う。

花音さんが言うなら、きっとそうなんだろう。私には、まだどういう仕組みなのかまったくわからないけれど。

「わかりました。じゃあ、彩菜ちゃん。こっちに来てくれる？」

私は彩菜ちゃんの手を引いて、扉の前へ。

初回は、入り口を入ったところにあるディスプレイから鍵を選ばないと『ステラ・アルカ』に入ることはできない。でも、二回目からは――。

私は、ドア横の黒猫デザインのウォールフックにかかっている鍵を手に取って、それを鍵穴に差し込んだ。カチリと開けて、鍵をフックに戻し、中へ。ドアを閉めてから、表と同じ場所にある白猫デザインのウォールフックにかかっている鍵で、錠をかける。

最初、『星の匣』の店内にほかのお客がいる時でも自由に入ってきていいと聞いた時はとても驚いたのだけれど、よく考えたら、勝手に奥に入っていく人を見ても、関係者かと思うだけで、普通はその奥に別のお店があるだなんて思わないもんね。

従業員は、事務所のドアから出入りするんだけど、花音さんはこちらのドアを指差したから、『訪問者』として『ステラ・アルカ』に入る。

「え……？　あれ？　どうしたの？」

カウンターの奥で茶器を磨いていた奏さんが、私と彩菜ちゃんを見て首を傾げる。

「千優ちゃん、休憩中じゃなかった？」

「そうなんですけど……」

私は、スタバで彩菜ちゃんに会った経緯を話した。

「ははぁ……それは……」

「それで、花音さんに、こちらで待つように言われて……」

彩菜ちゃんの手を引いて、テーブル席へ。アンティークゆえに少し重たい椅子を引き、彩菜ちゃんを座らせてあげる。

「彩菜ちゃん、ちょっと待っててね？　……そうだ。喉渇いてない？　何か飲む？」

彩菜ちゃんが首を横に振る。そして——とても不安そうに、入り口のほうを見つめた。

「まじょの、おねえさんは……？　こないの？　彩菜、おねえさんに、ママのりょうりをなおしてもらいたいの」

「あ……！」

私はハッとして、彩菜ちゃんの前に膝をついた。

ああ、そっか……。彩菜ちゃんは最初から、『魔女に、ママの料理を直してもらう』と言っていた。つまり、花音さんに話を聞いてもらいたかったんだ。

でも、彩菜ちゃんのお願いはどうやら料理についてのようだし、花音さんが『ステラ・アルカ』に連れていくよう言ったことからも、本当のところ、彩菜ちゃんに必要なのは、『魔法使い』のほう——響さんと奏さんだ。

慌てて彩菜ちゃんと視線を合わせて、「あのね？」と言った時だった。背後で奏さんがとんでもないことを言う。

「おばちゃんでいいんだよ？　彩菜ちゃん。上にいたのは、おばちゃんだよ。もしくは、おばあちゃん」

「……なんてこと言うんですか。奏さん」

聞き捨てならないんですが。思わず、奏さんをにらみつけてしまう。

「え？　だって聞いたでしょ？　実年齢」

「聞きましたけど！　でも実年齢なんて関係ないです！」

むしろ、実年齢とかけ離れた美しさをお持ちなのが、素晴らしいんじゃないですか！

「お姉さんで合ってます。いいですか？　お姉さんで合ってます！」

「……怖いんだけど」

おかしなこと言うからです！

私は息をついて、彩菜ちゃんに視線を戻した。

「ねぇ、彩菜ちゃん。ママの料理を直してもらうって、どういうことか訊いてもいい？」

少し考えてから、彩菜ちゃんの小さな手を両手で包み込む。

ええとね……？」

「お話を聞くのは、見習いの私のお仕事なの」

「……おねえちゃんの？」

「そう。私が聞いたことは、すべて魔女に伝わるから、安心して？」

——ちょっぴり嘘だけど、ここは方便として許してほしい。

あくまでも、彩菜ちゃんが求めているのは魔女。そしておそらく、彩菜ちゃんの考える魔女は、杖を振って奇跡を起こすほうのそれ。それこそ、胸に抱いていた絵本に出てくるような。だったら、下手に『魔女』じゃなく『魔法使い』が話を聞くよなんて、言わないほうがいいと思う。相手はまだ小さな子。がっかりさせちゃ駄目。きっとそれは遠回りになってしまう。

夢は夢のまま。希望は希望のまま。

そのほうがきっと、彩菜ちゃんの願いを——悩みを解決するためのヒントを、たくさん話してくれると思う。

「魔女は、ちゃんと彩菜ちゃんの願いを叶えてくれるよ。約束する」

これは、本当。ただし、叶えるのは花音さんではないけれど。一つでも多くの情報を聞き出すことができれば、あとは響さんと奏さんがなんとかしてくれるはず。

「だから、私に話してくれる？」

安心させるべく、にっこりと笑うと——彩菜ちゃんが頷いて、悲しげに眉を寄せた。

「あのね……？　ママのりょうり、へんなの……。へんになっちゃったの……」

「変？」

「ぜんぜん、おいしくないの……」

それは、料理が下手ということだろうか？　そう思ってカウンターを見ると、奏さんも、いつの間にか厨房の扉の前に立っていた響さんも眉を寄せて、戸惑い気味に首を振った。

「いや、緑川さまは、料理はとてもお上手だったはずだよ……？」

「そして、こだわりを持った方だな。いろいろ試したけれど、ハーブバターは祖母のものじゃなきゃ駄目だと……。だから、なんとか祖母のハーブバターを作れないかと、相談を持ちかけてきたぐらいだ」

それなのに？

「美味しく……ないの？」

視線を戻すと、彩菜ちゃんが可愛いぽんぽんを揺らして頷く。

「おいしくない。おばあちゃんのりょうりみたい」

「お祖母ちゃんの料理？」

「そう。彩菜のおばあちゃん」

緑川さまのお母さまは、花音さんのお母さま——つまり、響さん奏さんのお祖母さまと以前、懇意にしていたという話だ。ハーブバターはそのころに作ってもらっていたはず。

そして、緑川さまは、そのハーブバターでないと駄目だと——そのバターがほしいと、花音さんに相談した。ということは——緑川さまはお母さまの味を再現するために、そのバターをほしがったということにならない？

じゃあ、緑川さまの料理とは『違う』、『美味しくない』ものを作る『おばあちゃん』は緑川さまの旦那さまのお母さん——ってこと、だよね？

私は頑張って頭の中を整理しながら、頷いた。

「彩菜ちゃんは、お祖母ちゃんの料理が好きじゃないのね？」

「うん……。おばあちゃんのりょうり、彩菜、たべられないの。おいしくないんだもん。でもパパ、すごくおこったの。すききらいしちゃだめ、たべなさいって……」

「パパが？」

「でも、彩菜、すききらいなんかないんだよ？　おさかなもおやさいも、ママのりょうりだったらたべれるもん！　すききらいじゃない。おいしくないだけだもん。なのに……」

彩菜ちゃんがくしゃりと顔を歪めた。

「彩菜、たべれるっていったの。ママのりょうりならって。でもパパ、ママのりょうりはだめだって……」

「駄目……？」

「うん……。彩菜、たべれるのに……」

じわっと、大きな瞳に涙が滲む。

「でも、ママのりょうり、へんになっちゃったの。おばあちゃんのみたいになっちゃった。彩菜、たべれなくなっちゃって……。パパがまた、おこるの」

ホロリと、ふっくらした頬を透明な雫が滑り落ちた。

「……ママのりょうり、なおしてほしいの……。彩菜、それならたべれるもん……」

「……彩菜ちゃん」

その涙を、ハンカチで拭いてあげる。

「――彩菜ちゃん」

床がギシリと鳴くと同時に、低い声がする。彩菜ちゃんが、ビクッと身を震わせた。

「……っ……」

響さんを見上げた彩菜ちゃんの瞳に、怯えが走る。ただでさえ長身の響さん。その上、無表情だ。小さな彩菜ちゃんが怖がるのも無理はない。何も言わずに近寄ってきたし。

私は慌てて、彩菜ちゃんの手を握る自身のそれに力を込めた。

「大丈夫。怖くないよ。ちょっと大きくて……顔が固まってるけど」

「おーい。千優ちゃーん。それ、フォローになってないよー？」

カウンターの奥から、奏さんが言う。わ、わかってます。顔が固まってる大男なんて、普通に怖いですもんね。でも、ほかに言いようがないじゃないですか……。

「……彩菜ちゃん」

響さんが私の隣に膝をつき、彩菜ちゃんを見つめた。

「お願いだ。もう少し、詳しく教えてくれないか？　ええと……」

彩菜ちゃんが抱えている絵本を見つめて、響さんが何やら考える。できれば、こういう時に仕事してほしいなぁ。響さんの表情筋。

内心、必死に応援してしまう。頑張って！　無自覚タラシ！　今がタラシ時だよ！

「お兄さんは、魔女のゴーレムなんだ」

その言葉に私がびっくりしてしまう。え？　響さん？　何を言い出したの？

「……！　ごーれむ？」

「そう。その本にも出てくるだろう？　魔女の命令で、お茶会の用意をしていたろう？」

彩菜ちゃんが目を見開く。もちろん、私も。

「ピッパのこと？　お兄ちゃん、ピッパなの？」

「そう。お兄さんは、ピッパなんだ。この変わった色の目が、その証拠だ」

響さんが真面目くさった顔のまま頷き、自分の目を指差す。

彩菜ちゃんが抱いていた絵本『まじょのお茶会』は、置いていない本屋などないぐらい今大人気の絵本だ。シリーズもので、『まじょのお茶会』はその第一作目。

イラストは、かなり写実的でありながら、可愛くてポップ。柔らかくて優しいタッチと繊細ながら鮮やかな色遣い。

内容は、難しい言葉は一切ないのに、音や匂い、温度まで感じられる――視覚だけではなく、五感すべてを刺激する。読んだあと、とても温かい気持ちになれるのも特徴。

子供たちに夢を与えるだけでなく、大人が読んでも癒やされる絵本で――何を隠そう、私も大ファンだったりする。

その作中には、確かにゴーレムが出てくる。ゴツゴツとした岩でできた大男。見た目は恐ろしいけれど、とても心優しいピッパ。ピッパは魔女のために、森から大きな樹を切り出してきてテーブルと椅子を作ったり、粘土を捏ねて食器を作ったり、せっせとお茶会の準備をするのだ。

驚いた。まさか、響さんの口からピッパの名前が出てくるなんて……。

出版業界の人はもちろんのこと、イラストやデザイン関係、あるいは保育関係の仕事をしている人、そしてお母さん方は間違いなく知っていると思うけれど、未婚の成人男性で知っているのは少々珍しい気も……あ、でも、そうか。魔女の絵本だもんね。そういえば『星の匣』では、魔女や魔法使い関係の絵本や児童書を数多く取り扱っている。じゃあ、知っていても何もおかしくないか。なるほどなるほど。

一人納得して頷いていると、響さんが真っ直ぐに彩菜ちゃんを見つめる。

「ピッパは決して人を傷つけない。彩菜ちゃんも知っているだろう？」

「うん……。やさしいまじょのしもべだから」

「そう。ピッパはただ、彩菜ちゃんの話を聞きたいだけだ。教えてくれるか？　昨日の夜、食べられなかったものは？」

ピッパの名前で恐怖と警戒心が薄らいだのか——彩菜ちゃんが響さんを見つめたまま、小さく頷く。

「……おさかな。焼いてあるの。しおからくて、あかいの」

「塩辛くて、赤いの？」

「……塩鮭(しおざけ)かな？　ほかには？　たとえば……お野菜とか」

「ええと……かぼちゃ。ベチョベチョしてて……あまいの」

「いつものママのかぼちゃは、違うのか？」

「……いつもは、ほくほくしてるの。それに、きれいなきいろなの。ちゃいろくないし、くろくないの。彩菜……そっちがすき。そっちならたべれるよ」

「そうか。彩菜ちゃんはかぼちゃが食べられるんだな。偉いな。じゃあ、昨日のことじゃなくてもいいから、パパが食べなさいって怒ったものは？」

「えっと……ちいさいおさかな。にがーいの」

「……なんだろうな？」

響さんが私を見る。私は「んー……」と上を仰いだ。

「小さくて、苦い？　クセがあるってことでしょうか？　鰯(いわし)、とか？」

カウンターのほうを見ると、奏さんも眉を寄せて首を傾げる。

「小アジ、鮎(あゆ)……は流石に小さい子には出さないかなぁ？　あ、ししゃもとか？」

「え？　ししゃもってクセありますか？」

「干物だったら、お魚が苦手な子には食べにくいんじゃないかなぁ」

そうなのかなぁ？　私、わりとなんでも食べる子だったから、そのへんはわからないな。

「あとは……トマト」

「彩菜ちゃん、トマトも食べられるのか」

「うん。ママがつくるピザとか、オムライス！　スパゲッティ！　あとね、ドリア！」

そのラインナップに、内心首を傾げてしまう。あれ？　トマトって入っていたっけ？

ケチャップとかトマトソースは使っているけど、トマト自体は入ってないんじゃ？

だけど、もちろん顔には出さない。「そっかぁ。すごいね」と言って、先を促す。

「ほかにはある？」

「あるよ。にんじんもたべれるもん。あと、ぶっころりーとたまねぎ」

「……今、すごい物騒なこと言ったな」

「ブロッコリーのことですよね」

可愛い間違いに、思わず笑ってしまう。

「そっかぁ。彩菜ちゃん、ブロッコリー食べられるんだね」

「にんじんは嫌いな子がとても多いのにな。偉いな」

「うん！　ママのケーキ、おいしいんだよ！」

私は目を見開き、思わず隣を見た。それって、もしかして――。

「……なるほどね」

響さんが、唇を綻ばせる。

「なんとなく、わかった」

そう言って立ち上がって、足早にカウンターの奥へ。そしてすれ違いざまに、奏さんの肩を軽く叩く。

「仕込みに入る。あとは、頼む」

「――了解。任せて」

奏さんも鮮やかな笑みを浮かべて、頷く。

そのまま、響さんは厨房へ。ほぼ同時に、遠くでドアが開く音がして、トントントンと階段を下りる足音が近づいてくる。私はハッとして、立ち上がった。

「彩菜……！」

息を切らした緑川さまが、店に飛び込んでくる。そのまま視線を巡らせて――私の傍の彩菜ちゃんに目を留め、顔を歪めた。

「ママ……」

「ああ、彩菜……！　よかった……！」

駆け寄ってきて、彩菜ちゃんを椅子ごと抱き締める。

「よかった……！」

心の底から安堵した様子に、私もホッと息をつく。よかった……！

「ママ……」

「もう……駄目じゃない。勝手に外に出てっちゃ……」

両手で彩菜ちゃんの髪を撫で、頬を包んで、緑川さまが表情を厳しくする。

「無事だったからよかったものの……あなたが見つけてくださったんですよね？」

緑川さまが、私を見る。

「お店で、御子柴さんから聞きました。なんとお礼を言っていいか……本当にありがとうございました」

「い、いえ。彩菜ちゃんが、私を見つけてくれたんです」

慌てて、両手を振る。

「でも、本当に声をかけてくれてよかったです」

私はチラリと奏さんを確認し、彩菜ちゃんの横の椅子を引いた。

「どうぞ、お座りください。今、お飲みものを……」

「え？　ああ、いえ……すぐに帰ります。これ以上、ご迷惑をおかけするわけには……」

緑川さまが、首を横に振る。え？　それは困る。だって、ここで帰られてしまったら、彩菜ちゃんの願いが叶わない。

どうしよう。どうやって引き留めよう？　必死に動きの鈍い脳みそをフル回転させながら口を開きかけた時——彩菜ちゃんが「いや！」と叫ぶ。

「いや！　彩菜、かえらない！」

「彩菜……？」

緑川さまが驚いた様子で、彩菜ちゃんを見る。

「彩菜？　これ以上、わがままは……」

「だって、まだママのりょうり、なおしてもらってない！」

「え……？」

「まじょがなおしてくれるんだもん！　おねえちゃんも、そういったもん！　だから彩菜、まじょがなおしてくれるまで、かえらないもん！」

「彩菜……？　魔女って……一体なんのこと……？」

緑川さまが困惑した様子で、眉を寄せる。私は再度椅子を勧め、緑川さまを見つめた。

「あの、お話しします。迷惑なんてことは、絶対にありませんので……」

緑川さまが私を見、彩菜ちゃんを見、それを二度繰り返したあと、「わかりました」と頷いて――椅子に腰を下ろす。私はホッとして微笑んだ。

チラリとカウンターを見ると、奏さんがすでにお茶の用意をはじめている。

私は「失礼します」と頭を下げて、緑川さまの向かいに腰を下ろした。

「ええと……」

さぁ、何から話そうか。彩菜ちゃんが言いたいことはなんとなくわかったけれど、でもそれをどう伝えたものか。

少し考えて――けれど私には、相手の心の内に入り込む上手い方法なんてわからない。当然、テクニックなんてものも皆無だ。できることは、一つだけ。

私は緑川さまを真っ直ぐ見つめて、口を開いた。

「緑川さま。今日――お受け取りのはずだったハーブバターを、先日キャンセルなさいましたよね?」

「え……?」

一瞬ポカンとしたあと、緑川さまが申し訳なさそうに眉を下げる。

「……すみません……」

「ああ、いえ! キャンセルがどうこうという話ではないんです。それは、お気になさらないでください。そうではなくて……私、まだここで働き出したばかりで、『星の匣』のハーブバターを知らないんです。どんなバターで……緑川さまはどう使ってらっしゃるのかなって思って」

意外な質問だったのか――戸惑いつつも、それでも不快には思わなかったようで、緑川さまが説明してくれる。

「……今回お願いしていたのは、ディルとタイム、大葉、レモンをたっぷりと練り込んだバターです。清涼感があって、とても美味しいんです。お肉やお魚を普通にソテーして、最後にそれをのせるだけで、一気にプロの味になるんです」

「え？　大葉が入ってるんですか？」

あ、そっか。大葉も一応ハーブなのか。香味野菜だもんね。

「ええ。この大葉がとてもいいアクセントになっていて」

緑川さまが、柔らかな笑顔を浮かべる。

「おすすめは、ホイル焼きです。鮭とか、鱈とか、ホイル焼きの定番――お魚とお野菜の組み合わせももちろん美味しいですけど、お野菜だけのもいいんです。とてもおしゃれな温野菜といった感じになります。これからの季節は、あさりと春野菜もいいですよ」

「う、うわぁ……！　あさりのホイル焼きなんて、食べたことないです！」

「じゃあ、一度試してみてください。あさりのエキスを余すところなく味わえて、とても美味しいんです」

「そうします！」

私が『ステラ・アルカ』で最初に食べたリゾットにも、ディルとレモンが使われていた。

その二つの効能は、ちゃんと覚えてる。

美味しいだけじゃなく、身体にも、精神にもきくバター。ああ、私も食べてみたい。

「すごいですね。私、まだ勉強をはじめたばかりなので、何も知らなくて……」

「いえ、私も、それほど詳しいわけではないです。ハーブに詳しかったのは、母でして」

「もしかして、あさりのホイル焼きも、お母さまの味なんですか？」

「ええ。そうですね。子供のころから大好きだったメニューです」

「素敵ですね！　彩菜ちゃんも、緑川さまの料理が大好きだそうで……」

俯いている彩菜ちゃんを見つめ、その髪を撫でる。

「ママのかぼちゃは、いつもほくほくしてて、綺麗な黄色で、とても美味しいんだって、彩菜ちゃんが話してくれました」

「彩菜が……？」

「ええ。でも、昨日のかぼちゃは、そうじゃなかったと言っていました。黒くて、ベチャベチャしてて、甘かったのだと……」

緑川さまが、ハッと息を呑む。

「彩菜ちゃんは、『いつものママの料理』が好きなんだそうですよ」

パパに怒られただとか、お祖母ちゃんの料理は美味しくなくて食べられないだとか――いろいろ言っていたけれど、きっと根本はもっとシンプルだと思う。

それが食べられるか、食べられないかなんて、関係ない。

彩菜ちゃんは、お母さんの料理が好き。だから、そっちが食べたい。

お祖母ちゃんの料理が食べられたとしても――彩菜ちゃんはきっとここに来たと思う。

魔女を、頼ったと思う。お母さんに、お母さんの料理を取り戻してもらうために。

「それを、彩菜ちゃんはとても恋しがっていました」

だから、魔女に願った。ママの料理を直してほしいと――。

「……彩菜が……」

緑川さまが顔を歪め、下を向く。その表情はひどく苦しそうで、悲しそうで、見ているこちらまで胸が痛くなってしまう。

私は膝の上で、ギュッと両手を握り合わせた。

私にできるのはここまでだ。彩菜ちゃんの言葉を、伝えることだけ。

ここから先は――。

「お待たせいたしました」

グッド――いや、ベストタイミングで、奏さんがテーブルにやってくる。

「お嬢さまよりご依頼いただきました、『ママのための紅茶』です」

綺麗な手が、緑川さまの前にティーカップを置く。

「え……？　ママの、ための……？」

「ええ。ティーカップは、マイセンのホワイトローズです。十八世紀初頭、ヨーロッパではじめて白磁の製造に成功した、マイセン窯。その伝統の技法を今でも守り抜いており、絵付けはすべて熟練の職人による手作業です」

カップの縁はまるで花弁のように波打ち、描かれている白い薔薇は中心だけほんのりとピンクに色づいている。楚々(そそ)として可憐(かれん)な――乙女のようなティーカップ。

「ジン・ティーのセイロン・ローズでございます」

　そのカップに、奏さんが優雅な仕草で紅茶を注ぐ。

　広がる薔薇の香りに、緑川さまが大きく目を見開いた。

「ジン・ティーは、二〇〇四年に、英国人エドワード・アイスラーによって創設された、新進気鋭の高級紅茶ブランドです。若いブランドですが、その品質の高さと味のよさから、わずか数年で世界のトップホテルに数々採用された実績を持ちます」

　ティーポットをテーブルに置き、カバーをかけながら、説明を続ける。

「薔薇園と完全提携することで得ることのできた、最高品質の薔薇の蕾と、ジン・ティー自慢の最高級のセイロンだからこそ実現した、豊かで甘い香りと味――。ご存知(ぞんじ)ですか？　薔薇の香りには、ストレスホルモンの分泌(ぶんぴつ)を抑える効果があります。そして先日、薔薇の主要な香り成分『フェニルエタノール』に抗うつ効果があることが発見されたんですよ。つまり、薔薇は――」

　奏さんが、ポンと彩菜ちゃんの頭に手をのせ、極上の笑みを浮かべる。

「人の心を癒やす香りなのです」

　そして、息を呑んだ緑川さまに、優しく告げた。

「きっと、心の中にあるわだかまりを、解かしてくれますよ」

その言葉に、緑川さまが目の前のティーカップを食い入るように見つめる。

「彩菜ちゃんにはこっちね」

奏さんが、彩菜ちゃんの前にも、ピンク色のスムージーを置く。

「彩菜ちゃんにも、魔女が、『元気出してね』って」

「……！　彩菜にも？」

「そう。薔薇のシロップが入ってるんだよ。ママの紅茶と同じ香りがするように。あと、たっぷりの苺。彩菜ちゃん、苺好きでしょう？」

「うん！　大好き！」

元気な返事に、奏さんがニッコリする。

「ね？　彩菜ちゃんが苺が好きなことも、魔女はちゃんと知ってる。その魔女が作った、彩菜ちゃんのためのジュースだから。元気出してね？」

「うん！」

ようやく、彩菜ちゃんが満面の笑みを見せてくれる。その――花が一斉に咲いたような輝かんばかりの笑顔に、自然と唇が綻ぶ。

ああ、よかった。あとは、この笑顔が失望に曇ってしまわないように、頑張るだけだ。

私には何ができるというわけではないけれど、でも――。

そうっと奏さんを見上げると、すぐさま――素敵すぎるウインクが返ってくる。そしてそっとカウンターのほうを示してから、指で『ほんの少し』というジェスチャーをする。

あと少し、繋げばいいのかな？

私は頷いて、緑川さまに視線を戻した。と同時に、奏さんがテーブルを離れる。

「これ、おいしい！　まじょ、すごいね！」

彩菜ちゃんが、キラキラ笑顔で報告してくれる。

「そうだね。私もすごい魔女になれるように、頑張らなきゃ」

「彩菜も、しょうらいはまじょになりたいなー。それか、ケーキやさん！」

「彩菜ちゃん、ケーキ好きなの？　お姉ちゃんも大好きなの」

「うん！　いちごのも！　チョコのも！」

「あ、そういえば、ママのケーキも好きだって言ってたよね？　なんだっけ？」

「にんじんケーキ！　おいしいんだよ！」

その言葉に、緑川さまがピクリと身を震わせる。

「そっかぁ。いいなぁ、彩菜ちゃん。食べたいな〜。でもにんじんケーキって、あんまり売ってないんだよね。お姉ちゃんは作れないから、お店で買うしかないの」

「つくれないの？」

「無理なの。お姉ちゃん、まだ魔女じゃないから」

「そうなの？　ママ、まじょじゃないけど、つくれるよ？」

「それは、彩菜ちゃんのママがすごいだけなの」

「すごい？」

「そう。彩菜ちゃんのママは、すごいよ！」

「…………」

私たちのやりとりをじっと見ていた緑川さまが、ふとティーカップに視線を落とす。

「……いい香り……」

そのまま、大きく深呼吸する。そしてカップに指をかけると、ゆっくりと口に運んだ。

一口飲んで――ほぅっと安堵の息。緑川さまの表情が緩む。

「ママ、おいしい？　彩菜のものむ？　おいしいよ」

「……美味しい……」

「ううん。彩菜のは、彩菜のためのものでしょ？　ママはこれがいいかな。ありがとう。ママのための紅茶――美味しいよ」

緑川さまが、彩菜ちゃんに笑いかける。こちらも――ようやくの笑顔だった。

二人を包む空気が、とても柔らかくて、優しくて、穏やかなものになる。私も、ホッと安堵の息をついた。ああ、よかった。

ちょうどその時――。少し遠くでドアが開く音がする。ハッとして視線を巡らせると、響さんがカウンターから出てくるところだった。その手には、二枚のスクエアプレート。

「失礼いたします」

テーブルの傍までくると、響さんは小さく一礼した。

「ちょうどお昼時ですし、軽いものを用意させていただきました。日々頑張っておられるお母さまへ。そして、大事な娘さまへ。いたわりのセイボリータルトです」

そう言って、プレートを緑川さまの前へ。

「……わ……」

真っ白の正方形のお皿の上には、色鮮やかな舟形のタルトレットが——全部で五種類、綺麗に並んでいた。それらはバジルとトマトの二種類のソースでさらに鮮やかに、美しく飾られていた。

「左から、ラタトゥイユを使ったミートソース、自家製オイルサーディン、パンプキンとクリームチーズ、ブロッコリーと海老のクリーム、飴色炒め玉ねぎのタルトになります」

説明しながら、彩菜ちゃんの前にも、まったく同じ内容のものを置く。ただし、舟形ではなく丸型の——一口サイズのものだったけれど。

「……え……？」

緑川さまが、困ったように眉を寄せ、彩菜ちゃんを見る。私も唖然として、プレートを見つめた。

だって、ラタトゥイユには、トマトとニンジン。自家製オイルサーディンは、その名のとおり鰯だ。そして、パンプキンにブロッコリーに玉ねぎ。それらすべて、彩菜ちゃんが『お祖母ちゃんみたいな料理』じゃ食べられなくて、怒られたと話していた素材ばかり。

言葉を失っている私の前で、響さんがおもむろに床に膝をつく。そして、彩菜ちゃんをじっと見つめて、穏やかに言った。

「彩菜ちゃん。ママの料理を直すための料理だ。食べてみてくれないか？　不味かったら、それ以上食べなくてもいいから」

相変わらずの無表情だったけれど、その声はとても優しい。彩菜ちゃんは響さんを見、そしてお皿に視線を戻すと、少し驚いたように目を見開いた。

「ママの、かぼちゃみたい……。きいろくて、きれい……」

彩菜ちゃんが興味を示したのは、パンプキンとクリームチーズのタルト。

「食べてみてくれるか？」

彩菜ちゃんが頷く。そして、小さな指でタルトを持って——果敢にも一口で頬張る。

緑川さまが思わずといった様子で両手を握り合わせ、心配そうに彩菜ちゃんを見つめる。

しばらく無言のままモグモグしていた彩菜ちゃんは、ごっくんとそれを呑み込むと——とても驚いた様子で響さんを見た。

「おいしい！　ママのとおなじで、ほくほくしてる！」

「そっか……」

響さんが、とても嬉しそうに、口もとを綻ばせる。ともすれば、見逃してしまいそうなほどかすかな——だけど確かな笑顔に、心の底から喜んでいるのだとわかる。

彩菜ちゃんが次に手に取ったのは、ラタトゥイユを使ったミートソースのタルト。

それも、嘘のようにペロリと食べてしまう。

「ママ、おいしいよ！ ママもたべて！」

彩菜ちゃんにせかされて、呆然としながら緑川さまが同じタルトを手にする。

サクリと一口食べて——驚いたように、彩菜ちゃんを見る。

「彩菜、これ……食べられるの……？」

「え？ だって、ママのあじがするよ？ おいしいよ？」

「ママの……？ でも……」

緑川さまが困惑した様子で、響さんを見る。響さんはゆっくりと立ち上がると、今度はブロッコリーと海老のクリームタルトを手にした彩菜ちゃんを見つめた。

「彩菜ちゃんが、トマトが食べられると言った時に口にした料理が、ピザ、オムライス、スパゲッティ、ドリアでした。それで、彩菜ちゃんは、トマトソースやミートソースなら食べてくれると思ったんです。苦手なのは、種や口の中に残る皮の食感なのかなと」

「そ、そうですね。生のトマトはほとんど……」

「作り置きの自家製のラタトゥイユを刻んで、ひき肉と炒め合わせてソースにしました。

ラタトゥイユに入っているのは、トマト、玉ねぎ、ニンジン、赤パプリカ、黄パプリカ、ピーマン、ズッキーニ、ナス、セロリ。調味料は、うちのハーブ塩と、ブラックペッパー、オリーブオイルのみです」

響さんが、「おいしいよ！」という彩菜ちゃんの頭をポンポンと叩く。

「ほかのものも、特別手をかけたものはありません。かぼちゃは、一口サイズに切って、レンジで加熱して、塩・胡椒(こしょう)・マヨネーズとクリームチーズを入れて、あえただけです。ブロッコリーは、海老とともに小麦粉を振り、バターで炒めて、牛乳を入れて、クリームソースにしただけです。調味料もハーブバターと塩のみです。玉ねぎは、それこそ飴色になるまでソテーしただけ。オイルサーディンは、自家製のものにハーブバターを落として焼き、同じハーブバターを混ぜたマッシュポテトと合わせただけです」

緑川さまが呆然としたまま、オイルサーディンのタルトを口に入れてニコニコしている彩菜ちゃんを見る。

「彩菜ちゃんの話を聞いて――彩菜ちゃんは食材そのものが嫌いなのではなく、ただ単に味にこだわりがあるだけなのだと思いました。――緑川さま」

響さんが真っ直ぐに緑川さまを見つめて、きっぱりと言う。

「おふくろの味が、和食である必要はありません」

その言葉に、緑川さまがハッと息を呑む。

「また、和食は、極力素材を生かす調理が主流なのに対して、外国の料理は、逆に食材にしっかり手をかけて『料理』へと進化させる調理が多いです。けれどそれは、決して味を誤魔化しているわけではありません」

「………………」

「……このくらいのお子さんには、まず『食事を楽しむ』ことを教える必要があります。食事がストレスになってはいけない。『小児には徳育よりも、智育よりも、体育よりも、食育が先。体育、徳育の根元も食育にある』――子供の食育に関しては、俺なんかより緑川さまのほうがよっぽど詳しいかと思いますが……」

緑川さまが顔を歪めて、俯く。

「必要な栄養素をとるために、食材の好き嫌いはどこかで矯正する必要があると思います。でも、食材の栄養を摂取するのに、和の調理法でなきゃいけないなんてことはありません。かぼちゃも、煮つけが苦手なら、サラダでいいんです」

「……それは……」

「トマトも生でなければならないことはない。種が苦手なら取ればいいし、皮が苦手なら湯むきしてしまえばいい。――今まで、緑川さまはそうしてきたのではありませんか？ ピザソースもミートソースも、フレッシュなトマトから手作りされているんでしょう？」

「え……？」

「わかりますよ。彩菜ちゃんは味覚が鋭い。緑川さまが定期的に購入なさっているうちのハーブ塩がこのラタトゥイユにも使われていることに気がつきました。言ったでしょう?『ママの味がする』と。ジャンクな食べものだけを食べてきた偏食な子だったら、そうはいかない」

「……あ……」

「わかります。緑川さまが、どれだけ頑張ってこられたか」

淡々として——悪く言えば、抑揚がない。とても感情に乏しい、響さんの言葉。

でも、決して冷たく響くことはない。その優しさは、誠実さは、ちゃんと相手に伝わる。

私の時も——そうだった。

「どれだけ、彩菜ちゃんに愛情を注がれているか」

緑川さまが、顔を歪める。

今にも泣き出しそうな彼女に、響さんが無表情のまま——だけど、これ以上はないほど優しく、力強く言う。

「自信を持ってください。あなたは、間違っていません」

相手の心を、紅茶が温かく包み込み、ときほぐし、料理が優しく支え——いたわる。

だからこそ、言葉が力を持つ。

それが、胸の内で輝く芯となる。前を向く活力となる。

「大事なのは、身体に必要な栄養素をしっかりと、バランスよく摂取すること。そして、食事を楽しむこと。精神（ココロ）も満たさなくては、食事の意味がありません」

それこそが――『ステラ・アルカ』の魔法。

「っ……！　彩菜……」

緑川さまが、隣の彩菜ちゃんを引き寄せる。

その目に、涙が光った。

「ごめんね。彩菜……！」

「……ご推察の、とおりです」
グスッと鼻を啜って、緑川さまがポツリと言う。
ふうわりと、薔薇の香り。すっかり冷めてしまったけれど、でも甘くて清々しい紅茶の香気に、緑川さまが大きく息をつく。どうやら、落ち着いたようだった。
「二週間ほど前のことです。夫が彩菜を連れて、夫の実家に里帰りをしてくれたんです。彩菜の卒園と小学校入学の準備で……このところとても忙しくて……。それもあってか、夫が……たまには一人でゆっくりとしたらいいって言ってくれて……」

緑川さまが唇を噛み、俯く。

「でも、彩菜が義母の料理を、ほとんど食べなかったらしくて……。大恥をかいたと……。肉も駄目、魚も駄目、野菜も駄目。ひじき煮やおからといった『おばんざい』に関しても、ほぼ全滅。義母は料理上手な方で……とてもショックを受けていたそうです」

緑川さまが、彩菜ちゃんの頭を撫でる。

「好き嫌いが多すぎる。基本的な家庭料理も知らない。孫はこのままで大丈夫なのかと、とても心配されてしまったそうです。そして、嫁は一体何をしているのか。普段から一体何を食べさせているのか。食事も立派な教育なのに、と。さらに、お前は知っていたのか。知っていて、放置していたのかと、かなりの苦言を呈されたそうで——」

その瞳に、再びじわりと涙が浮かぶ。

「夫はすごく怒って……。お前の料理は駄目だ。彩菜のためにならない。ニンジンを食べさせるのに、ジュースやケーキにするようじゃ駄目だと……。ちゃんと和食が食べられるようにならなければ、彩菜が可哀想だと……」

私は俯いた。私も、彩菜ちゃんから話を聞いた時、同じことを思った。味を誤魔化して食べさせているのかなって。でも、ジュースやケーキにしたり、わからないように細かく刻んで料理に混ぜ込んだりするのって、根本的な好き嫌いの解決にはならないのにって。

「彩菜の好き嫌いを直さなくては駄目だ。彩菜の好きなものばかり食べさせているのは、教育の放棄でしかない。確かに、うちの食卓に並ぶのはチャラチャラした洋食ばかりだ。

自分もそれが嫌いではないから、今までは何も言わなかったけれど、ちゃんとした料理を食べさせないのは、母親失格だと……。一汁三菜。日本人の食卓というものを、ちゃんと教えなきゃ駄目だと。将来困るのは、恥をかくのは、彩菜なんだからと……」

緑川さまの肩が震える。

「将来、『おふくろの味』として彩菜が思い出すのが、オムライスやピザだというのは、恥ずかしいと思わなきゃ駄目だって」

「………」

「だけど、ニンジンをジュースにしてるって言っても、ニンジン自体にはほとんど加工はしていないでしょう？　ニンジンと林檎とオリーブオイル。そして、レモンとミントで作ったデトックスウォーターを加えて、ミキサーで攪拌。あとはハーブ塩を少々」

響さんの言葉に、緑川さまがガバッと顔を上げる。

「えっ!?　ええっ!?　そ、そうです……。え……？　どうして……」

「いや……それ、実はうちの祖母のレシピなんですよ。おそらく、緑川さまのお母さまは知ってらっしゃったんじゃないかと」

「そう……なんですか……？」

「ええ、そうなんです。……というか、旦那さまは誤解されていますね」

響さんがはぁっと息をつく。

「味を誤魔化しているなんてとんでもない。むしろ、素材の味のみですから。そもそも、このジュースが、どれだけ栄養価が高いと思っているのか……。砂糖は入っていないからヘルシーだし、手作りだから、もちろん添加物の類は一切入っていないし……」

「……そう、なんですよね……」

「料理名だけで、ジャンクなものだと決めつけないでほしいですね。反対に、和食だから無条件に健康にいいというのも、大きな間違いです」

響さんが「旦那さんは、おそらくそのへんをちゃんと理解されていない」と眉を寄せて、再度ため息をついた。

「市販のケチャップで作ったオムライスと、トマトからトマトソースを手作りして作ったオムライスはまったくの別ものです。ピザやハンバーガーだって、ヘルシーかつ栄養価の高いものはいくらでも作れます。料理自体がジャンクなわけではない」

緑川さまが俯く。

きっとそんなことは、わかってらっしゃるのだと思う。旦那さまの知識のほうが足りていないことぐらい。それでも――日本人として、和食が食べられないのはよくないのではないか。旦那さまの言うとおり、彩菜ちゃんが、将来苦労することになるのではないか。恥ずかしい思いをするのではないか。緑川さまはそう考えたのだと思う。

彩菜ちゃんのためを思って、彩菜ちゃんがどんな食材も好き嫌いせず食べられるように頑張ってきたけれど、確かに作る料理は洋食に偏っていた。和食でも食べられるようにと考えてはこなかった。だから、旦那さまの言に、反論することができなかった。

一理も二理もあると、まだ努力が足りていないのだと、思ってしまった。

「っ……！　あ、あの……」

勇気を出して、口を挟む。

「私は昔から好き嫌いはほとんどなくて、わりとなんでも食べる子だったんですけど……でも和食の美味しさがちゃんとわかるようになったのは、二十歳を過ぎてからです。旦那さまの言われる、昔ながらのおばんざい系は、とくに」

「…………」

「子供のころは、別段美味しいと思ってはいなかったと思います。拒絶するほど嫌いではないから食べていたって感じです」

緑川さまが顔を上げる。私は彼女を真っ直ぐ見つめて、熱心に言った。

「私みたいな人は、多いんじゃないかなって思います。彩菜ちゃんは、味覚が鋭いという話ですし、私もお話を聞いて、彩菜ちゃんは『食べたい味』のイメージがはっきりしてると思いました。そんな彩菜ちゃんですから、大人になっても和食がまったく食べられないままだなんてことはないんじゃないかって――思うんです」

もちろんなんの根拠もない言い分だ。我ながら、こんなことしか言えないのかと、少し情けなく感じてしまう。それでも、言葉を重ねる。

「大人になるにつれわかるものって、必ずあると思います。和食はとくに」

「……でも……」

「あさりのホイル焼きは、緑川さまのお母さまの味なのですよね？　それは、恥ずかしいことですか？　違いますよね？　むしろ自慢で、旦那さまにも彩菜ちゃんにも食べさせてあげたかったから――こちらのハーブバターを求めていらしたのではないですか？」

緑川さまが、ぐっと言葉を呑み込む。

「……それは……」

「私だったら自慢です。彩菜ちゃんも、そうだったから――ママの料理が大好きだから。ママが自慢だから。ママに、ママらしさを取り戻してほしくて、魔女のもとに行こうって思ったんだと思います」

子供の手本となるのは、親だ。それは間違いない。

でも、必ずしも、親が完璧である必要はないと思う。

もちろん子供も、完璧を目指す必要なんてどこにもない。

確かに、ある程度の線引きは必要だけれど――でも一番大切なのは、家族が幸せであること。家族の皆が、笑顔でいられることだと思う。

「響さんの言ったとおり、旦那さまが誤解されているだけなんだと思います。誤解です。知らないからこその、『勘違い』です。緑川さまのニンジンジュースは、コンビニで野菜ジュースを買うのとはわけが違う。緑川さまのトマトソースは、市販のそれとはまったく違う。どれだけ手間がかかっていて、どれだけ栄養豊富か。そして……」

どれだけ、彩菜ちゃんが、それを好きか――。

「ママに、一日お休みをあげようって考えてくれる優しい旦那さまが――それを理解してくれないなんてことはないと思うんです。絶対に！」

緑川さまが、ハッとして顔を上げる。

今は、本当に知らないだけなんだと思う。夫婦でも、育った環境が全然違うんだもの。旦那さまの常識は、緑川さまのそれと同じではなくて――だからこそ、緑川さまの努力や苦労がわからなかった。

だからこそ、責めてしまっただけ。決して、無理解な旦那さまではないと思う。

「大丈夫です！　味覚が鋭い彩菜ちゃんが、『本物』をちゃんと知っている彩菜ちゃんが、ジャンクフードしか食べられない大人になんて、なるわけがないです！」

そして、そんな今日（こんにち）の彩菜ちゃんが在るのは、間違いなく緑川さまの努力の結果だ。

それは、間違いない。

「……っ……」

緑川さまが、くしゃりと顔を歪める。その頰を、新たな涙が伝い落ちた。

「ありがとう……ございます……。夫と、話してみます……」

声もなく泣く緑川さまに、彩菜ちゃんが「ママ……。のんで？　おいしいよ」と自分のジュースを差し出す。とても心配そうに。

響さんが、そんな彩菜ちゃんの頭を優しく撫でる。

相変わらずの無表情だったけれど——その『大丈夫だよ』というメッセージは、きっと伝わったと思う。

「見習い魔女さん、お手柄でした」

「え……？」

目の前に出てきた、五種のセイボリータルトとジン・ティーの『セイロン・ローズ』に思わず目をぱちくりさせてしまう。

「え？　お手柄って……？」

あ、彩菜ちゃんを店に連れてきたことかな？　いや、でも私が彩菜ちゃんを見つけたんじゃなくて、彩菜ちゃんが私を見つけてくれただけだから、私は何もしてないんだけど。

首を傾げる私に、奏さんがクスッと笑う。

「今回は、正論では駄目だったパターンだと思うから」

そう言いながら、優雅な手つきでカップに紅茶を注いでくれる。

薔薇の爽やかな香りに、自然とほぅっと息がもれてしまう。

「響は正しかった。緑川さまの努力を理解し、その苦労を認め、緑川さまは正しいと――決して間違っていないと、寄り添った。でも、緑川さまが求めていたのは『正しさ』じゃなかった。あの場合――緑川さまが正しいと主張することは、同時に旦那さまが間違っていると言っているようなものだから……」

奏さんがカウンターの内側に戻って、苦笑する。

「千優ちゃんの言葉じゃなきゃ、緑川さまに響かなかったと思う」

「……そんな……。響さんの言葉で、緑川さま、涙されていたじゃないですか」

それは、響さんの言葉が緑川さまの心に響いていたということでは？

私の言葉に――しかし、奏さんはあっさりと首を横に振った。

「違うよ。あれは、彩菜ちゃんに対する涙だよ。彩菜ちゃんに謝っていたでしょ？」

「……でも……」

納得がいかず眉を寄せた私に、奏さんがひどく悲しげに微笑む。

「だって、これまでの緑川さまが一切間違っていなかった。正しかった。ということは、つまり——旦那さまから言われるままに無理やり和食を食べさせようとしていたことは、まったくもって意味のない、彩菜ちゃんを虐げるだけの行為になってしまっていたということだから。そしてその結果、彩菜ちゃんは魔女の店に行こうと思うほど追い詰められていたわけだから。だから、緑川さまは涙して、彩菜ちゃんに謝っていたんだよ」

「……あ……」

「すべてを話してくださったあとも、響がどれだけ緑川さまの日々の努力をねぎらって、あなたは間違っていないと言っても、暗い表情のままだったよね？　千優ちゃんもそれが気になって、口を挟んだんでしょう？」

「……はい。でも……」

「——遠くから見ていて、響の言葉では駄目だということはわかっても、じゃあ代わりにどういう言葉をかければいいかは僕も判断しかねていたから、正直助かったよ」

奏さんが私を見つめて、優しく微笑んだ。

「緑川さまと同様に、旦那さまもまた間違ってはいなかった。すべては緑川さまのことを想い、彩菜ちゃんのためを考えているからこその発言だった。そんな旦那さまの正しさを、優しさを、そしてその愛情を、否定してはいけなかった」

「——そうだ。そこを否定してしまっては、納得できるものもできなかった」

ドアが開いて、響さんがひょこっと顔を出した。その手には、何やら小さな小皿が。

「緑川さまが、旦那さんのあきらかに知識が足りていない——そして根拠にも乏しい和食至上論に大人しく従い、これまでコツコツと作り上げてきた自分の料理を封印したのには、自分たちのことを一心に考えてくれている彼を否定したくなかったからというのもあったんだろう。アンタが——」

その小皿にのっていたものを、小さなトングで私の目の前のお皿に置く。

それは、五つ並んでいるのと同じ——舟形のタルトレットだった。ふうわりとバターのいい香りがする。緑鮮やかな菜の花とふっくらとしたあさりがとても美味しそうだった。

「……！　これは……」

思わず、響さんを見つめる。

「旦那さんを否定しなかったからこそ、緑川さまは俺たちの言を受け入れる気になれたのだと思う」

響さんが、わずかに目を細める。

ともすれば、見逃してしまいそうなほどささやかな——けれど、確かに優しく、温かい微笑みに、心臓が小さく跳ねた。

「アンタのおかげだ。ありがとう」

「そ、そんな……私なんか……」

思わず、首を横に振ってしまう。

彩菜ちゃんの悩みに──緑川さまが抱えていた問題に、彩菜ちゃんの断片的な言葉からたどり着き、見事に繙いたのは響さんと奏さんだ。私はただ、最後にほんの少し言葉を添えただけ。お礼を言ってもらえるようなことなんて、していない。

私がそう言うと──しかし奏さんは、「いやいや」と首を横に振る。

「知識や技術がどれだけあっても、最終的に人の心を動かすのは、心のこもった言葉だよ。でも、実はそこが一番難しいんだよね。完全に十人十色で、知識や技術、経験がほとんど役に立たない。毎回、手探り状態なんだよ」

「だから、そこの手助けは、実は一番ありがたかったりするんだ。そして、今回は本当に助かった。ありがとう」

「ほ、本当に？　わ、私……本当にお役に立てたんですか……？」

トクトクと、心臓が高鳴る。

お世辞でもなんでもなく、本当に？　私が──誰かの役に立てたの？

顔を見合わせた二人が、真っ直ぐに私を見つめて、頷く。

「「もちろん」」

「っ……！」

頬が熱くなる。私は思わず、両手で胸もとを押さえた。

嬉しい……！

「本当に助かったからこそ、お礼に、追加で一つ作ったんだ。緑川さまから話を聞いて、食べたがっていたろう？」

「……！　もしかして、オリジナルのハーブバターの？」

あらためて、菜の花とあさりのセイボリータルトを見つめる。

「そう。海老クリームのとオイルサーディンのにもハーブバターを使っているけど、緑川さまが注文なさったタイプのものじゃないからな。ただ、冷凍あさりしかなかったから、ホイル焼きはまた今度な？」

「えっ⁉　つ、作ってもらえるんですか⁉」

思ってもみなかった言葉に、反射的に身を乗り出してしまう。

私の反応に少し驚いたように目を見開いて――けれどすぐに、響さんは頷いた。

「ああ。あさりのホイル焼きは、まだ作ったことがないしな。今度、まかないにでも」

「美味しそうだよねぇ。話を聞いてて、僕もすごく食べたくなった。春野菜は何がいいかな。菜の花はもちろん合うよね。アスパラ、新玉ねぎもいいし、春キャベツもいいね」

「そうだな。さっと湯がいたそら豆なんかもいいだろうな」

「う、うわぁ〜！」

何それ。聞いてるだけで、ワクワクしちゃう。

「まぁ、今日は材料がないから、これで勘弁してくれ」

「勘弁だなんて……！」

このタルトだけでも、充分ご褒美です！

私はそれを手に取って、パクリと一口。

「っ……！」

噛んだ瞬間、じゅわっと口いっぱいに広がるあさりのエキスと、バターのコク。そして菜の花のほんのりとした苦み。レモンと大葉の効果か、後口は驚くほどスッキリ爽やか。

「美味しい……！」

そのままパクパクと、早々に一つ食べ切ってしまう。

ぐぅ～っと――まるで次を催促するようにお腹が鳴って、私は顔を赤らめながら、でもすぐさまパンプキンとクリームチーズのタルトに手を伸ばした。

「お昼、食いっぱぐれてたもんね。そりゃ、お腹すくよね。本当に、ご苦労さま」

奏さんがクスクス笑いながら、ねぎらってくれる。

苦労だなんて――。お役に立てた上に、こんな美味しいご褒美までもらえたのだ。どう考えても、私は得しかしてないように思うのだけれど。

私は紅茶を飲んで、ほうっと息をついた。

薔薇の香りはとても爽やかで、甘さは控えめ。味もスッキリとしていて、飲みやすい。

だからだろうか？　料理にとても合う。

「…………」

自然と笑みが零れる。

私は唇を綻ばせて、自家製オイルサーディンのタルトを手に取った。

ああ、本当に——お二人の『魔法』は美味しい！

「いらっしゃいませ——ああ！」

ドアベルの音に振り返って——私は思わず胸の前で手を合わせた。

「緑川さま。一週間ぶりですね」

「その節は」

店に入ってきた緑川さまが、軽く頭を下げる。その穏やかで柔らかな笑顔に、私は内心ほっと胸を撫で下ろした。

よかった。とてもお元気そうだ。

「彩菜ちゃん。こんにちは」

その足にくっついていた彩菜ちゃんも、元気に「こんにちは！」と返してくれる。

一斉に花が咲いたような笑顔に、こちらも嬉しくなってしまう。

「――夫に、話しました」

緑川さまが彩菜ちゃんの頭を撫でて、微笑む。

「ちゃんと全部、話しました。その時はあまりピンと来ていない様子だったんですけど、日曜日に、一緒にランチを作ってみたんです。ナポリタンとニンジンジュースを」

「……！　ナポリタン、ですか」

話に聞いた旦那さまの基準でいくと、間違いなくジャンクフードに分類されるであろうメニューだ。そして、ニンジンジュースも、名指しで批判されたもの。

「トマトからトマトソースを作り、パスタも一から手打ちしました。ニンジンジュースはレシピのメモを渡して、夫と彩菜だけで作ってもらいました。砂糖を使っていないことに、素材の味の組み合わせであることに、その栄養の豊富さに、夫はとても驚いていました」

緑川さまが私を見て、はにかんだ。

「私の努力をちゃんと理解していなかったって――謝ってくれました」

「……！　理解してくださったんですね？　よかった！」

思わず、手を叩く。

ああ、よかった！

「食育は、まずは楽しく。必要な栄養をしっかり取りつつ、食事を嫌いにならないことが一番大事。彩菜のためにも、そういう方針で行こうって……。ただ私も、洋食に偏りがちなのを、少しずつ直していこうと思っています。彩菜が美味しいって食べてくれる和食を研究したいと思います」

緑川さまの本当に幸せそうな――晴れやかな笑顔に、胸が熱くなる。

お客さまに喜んでいただくことが、自身の喜びになる。

ああ、本当に、なんて素敵な仕事なんだろう。

「それで……あのぅ」

緑川さまがチラリと奥を見る。

「また、ハーブバターを予約したいんですけど」

「あ……はい！　ありがとうございます！　少々お待ちくださいませ」

私はしっかりと頭を下げ、事務所にいる花音さんを呼ぶべく、身を翻した。

お客さまの幸せが、自身の幸せになる。

もっと、勉強しなくちゃと思う。もっと、いろいろなことができるようになりたい。

お客さまの幸せのために。

ひいては、自分の幸せのために。

曖昧には曖昧の味わいがありまして

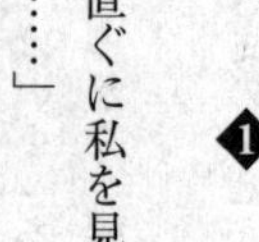

真っ直ぐに私を見つめる――その大きな瞳からは、今にも涙が零れ落ちそうだった。

「…………」

咄嗟に、言葉が出ない。

一体、彼女は何を言っているのだろう？　わからない。私が――何？

「あの……一体……」

「私、負けませんから……！」

ようやく絞り出した言葉に――しかし彼女は、それを遮るかのようにピシャリと言った。

「私、負けません！」

「……あの、ええと……」

「あなたが恋人になれるのなら――あなたでもいいのなら、私だって構わないはず！」

「……恋人……？」

私が恋人になれるのなら――？　待って。私が、一体誰の恋人になったっていうの？

私、恋人ができた覚えはまったくないのだけれど。

まったくもってわけがわからず、ただ呆然とすることしかできない。

ただ――目の前の彼女は、怖いぐらいに真剣で。切なくなるほどひたむきで。

「………………」

とても、可愛らしい人だと思った。

春らしい淡い桜色のスプリングニットに、アイボリーのゆったりとしたカーディガン。デニム生地のガウチョパンツ。紅茶色の髪はスッキリと一つにまとめている。

小物使いがとてもおしゃれで、華があって、でも軽薄な感じは一切しない。柔らかくて、とても親しみやすそうな雰囲気だった。人のよさが、全身から滲み出ているような――。

だからこそ、思う。これは、理不尽ないちゃもんの類ではないのだろうと。

でも――覚えがなかった。彼女にも。彼女が言っていることにも。

「あの……あなた……」

どこかで会ったことがあっただろうか？

おずおずと声をかけるも――その瞬間、彼女の瞳から雫が零れる。

それは、ハッとするほど綺麗な涙だった。

「ものすごく失礼なことを言ってるって……わかってます。でも……私……」

「………」

ホロホロと頰を伝うそれに、言葉もなく見入ってしまう。

ああ、彼女は苦しい恋をしているんだ……。

事情はまったくもって理解できていなかったけれど、それでも――彼女の想いの強さだけは痛いほどに伝わってくる。

ズクンと、胸の奥が疼く。私は思わず胸もとを押さえた。

「私……負けません……」

真っ直ぐひたむきで、純で、揺るぎない――正直な気持ちを、私に向ける。

「私……戦います……！」

その宣戦布告は、正々堂々――彼女の性根の清らかさを、そのまま表すかのようだった。

「あなたから……ミユキ先輩を奪ってみせます……！」

「……？　変な顔してるね？　千優ちゃん」

店に入ってくるなり――奏さんが、私を見て首を傾げる。

……出勤するなり、なんですか。挨拶の前に言うことですか。それが。

「……そうですね。わりとブスです」

でも、それは今にはじまったことじゃないです。四日、間が空いたからって忘れないでください。

今日は水曜日。『星の匣』でのバイトは、水曜日から金曜日の週に三日。

先週の金曜日――『ママの料理を直してほしい』という彩菜ちゃんの願いを叶えるため、『ステラ・アルカ』で緑川さまをおもてなししてから、実に五日ぶりの出勤だった。

朝一番に花音さんに訊いたけど、あれから緑川さまはご来店くださっていないそうだし、やっぱり心配で……お二人に話を聞こうと思ってたのに……。顔を見るなり、それ？

むぅっと眉を寄せると、奏さんが――腹が立つほど爽やかな笑顔を浮かべた。

「そんなこと言ってないけど？　卑屈な思考は、可愛さを損なうからやめようね」

え？　普通に注意されたけど、これって私が悪いの？

「……今のは、お前の言い方が悪かったんだと思うがな」

ポカンとしていると、そんな私の気持ちを代弁するかのように、奏さんのあとから店に入ってきた響さんが、やれやれと息をつく。

「あ、おはようございます。響さん。今週もよろしくお願いします」

「ああ、おはよう。こっちこそ……頼むな」

「あれ？　千優ちゃん？　僕には、おはようもお願いしますも言ってくれないの？」

かすかに頷いた響さんの横で、奏さんが笑顔全開のまま再び首を傾げる。

え？　挨拶してくださるんですか？

「その前にディスられたので、挨拶はしていただけないのかと思いまして」

「え？　ディスってなんかないよ？　事実を言っただけ」

「――この場合の『事実を言っただけ』は、それこそ残酷だと思うんですが」

ファッション感覚でディスったぐらいのほうが、深刻に受け止めなくていい分まだ傷が浅くて済むのでは？

ジトッとにらみつけると、なぜか奏さんではなく響さんが「違うんだ……」と言って、申し訳なさそうに手を振った。

「橘。何か心配ごとがあるだろう？　気にかかっていることというか……」

「え……？　あ、はい……」

ありますーーけど。

おずおずと頷くと、響さんが「そういう顔をしているからな」と言う。あ、なるほど。そういう意味？

「えっと……つまり、私の『いらっしゃいませ』の笑顔が、ちょっぴり不自然だったってことですか？」

ちゃんと笑ってるつもりだったのだけれど。

手で頬をさすりながら言うと——しかしそれには、二人とも首を横に振る。

「不自然ってほどじゃないかな。お客さまは気づかないと思うよ」

「でも……奏さんも響さんも、一発で気づいたんですよね……?」

「そりゃあ、僕らは『魔法使い』だから」

「……そういう変化を見逃すようじゃ、『魔法』も正しく使えないしな」

お二人の言葉に、思わず小さなため息をついてしまう。敵わないなぁ、もう。

首にかけた、不思議の国のアリスをモチーフにした真鍮のペンダントウォッチで時間を確認する。十二時すぎ。もう少しで、お昼休憩の時間だ。

私は二人を見上げると、胸の前でそっと両手を合わせた。

「あの……よろしければ、お昼休憩の時に、話を訊いていただけますか?」

「……話?」

「いいけど……。あ、もしかして、あのゴミがまた何か?」

……ああ、『ゴミ』呼びが定着してしまった……。

私は苦笑し、首を横に振った。

確かに、荒木さんが頻繁にオフィスに顔を出す状況は、まだ続いている。そして、顔を出すたびに必ず私に話しかけてくるのも——残念ながら継続中だ。

あと一ヶ月弱。四月半ばすぎまでは、月曜日と火曜日と土曜日の三日間は、前の職場で仕事をこなすことになっている。そして、今日——水曜日。心配ごとを抱えているような顔をしていたら、そちらで何かあったのかと思うのは自然なことだとも思う。

でも、違う。そうじゃない。

「いいえ、違います。確かに、状況は何も変わってないんですけど……。でも、変わってないからこそ、こちらも極力気にしないようにすることしかできないので……」

奏さんが「難儀だねぇ」と笑う。あえて言いませんけど、笑うところ間違ってますよ。

「別で……何かあったのか？」

響さんの瞳の色が、ほんの少しだけ翳る。相も変わらず表情はまったく変わらないけれど、どうやら心配してくださっているらしい。

「ああ、いいえ！　深刻な話ではないんですよ！　本当に、全然！　ただ……」

私は慌てて、胸の前で両手を振った。

「ただ？」

お二人が私を見つめて、首を傾げる。

本当に、深刻な問題ではない。ただ……。

口もとに手を当てて考え込んで——私もまた、お二人と同じように首を傾げた。

「い……意味が、わからない……？」

「うわぁ～！　美味しそう！」

カウンターにズラリと並んだおむすびに、思わず感嘆の声を上げる。

同時に、お腹がぐぅ～っと大きな音を立てた。まるで、待ってましたと言わんばかりに。

でも、『ステラ・アルカ』のまかないでおむすびって……はじめてのような？

「珍しいですね。『ステラ・アルカ』で和食って……」

まぁ、そうは言っても、まだ四日目なんだけれど。

私はいそいそとカウンター席に座って、目の前のおむすびをじっと見つめた。

大きさは、コンビニのおにぎりよりも、少し小さいぐらい。一つ一つラップに包んで、可愛いシールまで貼ってある。種類は――どうやら、いろいろあるみたいだ。

おむすびって、別段手が込んでいるわけでもないし、高級な料理ってわけでもないのに、目の前にすると、驚くほど心躍る。普段はまったく意識していないけれど――やっぱり日本人なんだなって思う。美味しいお米は、何よりのご馳走。

「和食……ではないような？　いや、一応和食なのかなぁ？」

奏さんが、小鍋をコンロにかけながら、小さく首を傾げる。

「え？　でも、おむすびですよ？」

「食べてみればわかるよ。千優ちゃんの向かって右から……」

奏さんがカウンター越しに、ヒラリと何かを差し出す。メモのようだった。

私は手を伸ばしてそれを受け取ると、そこに並んだ几帳面な文字に視線を落とした。

【オリーブオイル】

●ハーブ塩×パセリ×プロセスチーズ

●ほぐし鮭×ごま×ディル

●菜の花×おかか

【ココナッツオイル】

●スパム×パクチー

●ミモレット×バジル

【アボカドオイル】

●桜エビ×ドライトマト

●ベーコン×パルミジャーノチーズ

「……オイル……？」

「そう。これ、実は全部オイルおにぎりなんだよ」

「オイルおにぎり……？」

「健康や美容に効果のある『いい油』をご飯に混ぜて握るんだよ。いつものおにぎりに、油のリッチなコクや香りが加わってとても美味しいよ。お米の食感もモチモチになって、冷めても固くなりにくいんだ。あ、混ぜているのは少量だから、カロリーも気にしなくていい。手軽な健康食として、今注目されつつあって——響もレシピを研究中なんだよ」

「それで、この量なんですね……」

ズラリと並んだおにぎりを見つめる。これだけあると、流石に壮観だ。

「ハーブ塩とか……うちの商品を生かしたいのもあるけど、どうやら紅茶と合わせたいと思っているらしくて、味はすべて洋風なんだって」

「あ……それで、和食ではないような？　なんておっしゃってたんですね」

「そう。オリーブオイルの健康効果は有名だよね？　整腸作用、オレイン酸の働きによる抗酸化作用、美肌効果、免疫力アップなどなど」

「ココナッツオイルも、最近話題ですよね。ダイエットにいいって」

ココナッツオイルの中鎖脂肪酸は、ほかの油と違って身体に蓄積されず、それどころかすでに身体についてしまった脂肪を巻き込んで燃焼してくれる……だったかな？

あとは美肌にも効果があるって、何かで読んだ気がするのだけれど。

そう言うと、奏さんがにっこり笑って頷く。

「そう。コレステロール値を下げる効果もあるし、糖尿病の予防や改善にも効果がある。

認知症やアルツハイマーの予防や改善にも役立つとして注目されてるね」

「私、実はまだ試したことないので……楽しみです！　いただきます！」

両手を合わせてから――ココナッツオイルのおにぎりを手に取る。具は、ミモレットとバジル。

鰹節のように削ったミモレットチーズのオレンジとバジルの緑がとても綺麗。ラップを外すと、バジルの爽やかな香りがする。

そういえば、バジルは好きでよく食べるけど、おにぎりははじめてかもしれない。

「っ……！」

おそるおそる一口食べて――目を丸くする。

う、うわぁ～！　美味しい！

確かにおにぎりなんだけど、味は完全にイタリアン。ミモレットチーズは熟成が進んだハードタイプ。からすみのような風味で、バジルとの相性は抜群。噛むほどに、バジルの爽やかな香気が鼻に抜け、チーズの深いコクが口いっぱいに広がる。

「これ……ワインに合うやつですね……」

驚きだ。おにぎりなのに。

「ココナッツの風味は、あまり感じないですね？」

「あえて、そうしているみたいだよ。最後に口の中に残る風味が苦手という人も多いそうだから。僕も、実は……。お米を食べているのにココナッツが香るのが、どうもね」

確かに、お米を食べているのにココナッツを感じるというのは、違和感を覚えてしまう人は多いかもしれない。

「だけど、これはそんな心配はないですね。すごく美味しいです」

オイリーなベタついた感じはあまりない。脂っこさもない。でも、油の爽やかな香りとコクは存分に感じられるのが不思議だった。しかもお米はモチモチで、ああ、いくらでも食べられてしまいそう。

このミモレット×バジルのおにぎりをもっと食べたかったけれど、これはただのまかないではなく試食を兼ねているわけだから、別の味に手を伸ばす。今度は、アボカドオイルのもの。具材は、桜エビ×ドライトマト。

「アボカドはお寿司ではもう定番になりつつある食材ですよね。だから、お米との相性は疑いようもないというか」

「そうだね。でもだからこそ、アボカドオイルの風味だけだと和のイメージが出てしまう。だから、合わせる具材に苦労してたみたいだよ」

あ、そっか。馴染みがあるからこその難しさもあるのか。

「ドライトマトも、おにぎりの具としては初ですね……」

さっきの美味しさもあって、わくわくしながらかぶりつく。

「んんっ……！」

ああ、もう、本当に！　響さんの『魔法』は美味しい！

「桜エビの香ばしさと、ドライトマトの酸味と甘み、そしてアボカドオイルの香りとコク。噛むほどに口の中で味が変化して……」

おにぎりなのに、驚くほど重層的な味わい。まるでびっくり箱だ。

これで、健康にも美容にもいいって……贅沢すぎない？

「美味しい？」

「美味しいです！　オイルおにぎりなら、そんなに作るの難しくないですよね？」

「そうだね」

「じゃあ、レシピ教えてもらおう」

これは志保にも、会社の皆にも、食べさせてあげたい。

そんなことを思いながら、手の中のラップを丸めて――私はふと奏さんを見た。

「……紅茶が出てきませんね？」

「……あー……待ってたよね？」

奏さんが苦笑して、「飲みものがないと食べにくいよね。とりあえず、アイスティーを出すね」と言って、冷蔵庫を開ける。

珍しい……。このオイルおにぎりに合う紅茶を――じゃないんだ？

「……いくら洋風でも、おにぎりに紅茶を合わせるのは難しいってことですか？」

「え？　ああ、いや、違うよ。合わせるだけなら簡単だよ。それだけなら、味が洋風じゃなくたってできるよ。塩むすびでも」

「え⁉　塩むすびでも⁉」

「できるよ。紅茶には本当にいろいろあるからね。緑茶やほうじ茶、あるいはウーロン茶のような半発酵のお茶をベースにしたフレーバーティーもあるんだよ。知ってた？」

「え……？」

緑茶やほうじ茶の――紅茶？

「え？　ええと……？」

「ああ、お茶の葉には酵素ってものが含まれていて、収穫後に酸化――発酵するんだよ。その酵素による発酵の進め具合で、『お茶』というものは三種類に分けられるんだ。一切発酵させずに、蒸したり炒ったり天日干ししたりして作るもの。『不発酵茶』と呼ぶんだけど、日本茶はほぼこれになる。緑茶、煎茶、抹茶、番茶、ほうじ茶、玄米茶、釜炒り茶。半分発酵させてから作られたのが、その名のとおり『半発酵茶』。中国茶はこれが多い。ウーロン茶、白茶、黄茶。そして、紅茶は『発酵茶』。全発酵させてから作るもの」

「へぇ……！」

「フレーバーティーは、紅茶に香料や花びら、ドライフルーツなどで香りを付加したもの。

代表的なのはアールグレイだね。中国茶では、香料や精油は使わない。天然の花の香りを吸着させたり、乾燥させた花を直接入れて作るんだ。これを花茶といって、代表的なのはジャスミン茶。つまり——紅茶にも中国茶にも、『お茶に香りをつける』という考え方は昔からもともとあってね？」

奏さんが私の前に、冷たいアイスティーを置く。

「交易によってその文化が交われば——じゃあ、中国茶でアールグレイを作ってみよう。紅茶にジャスミンの香りをつけてみようって考える人は、自然と現れるもの。技術が進み、他国の文化を知ることが簡単にできるようになれば、それらをどんどん取り入れて、新しいものが作られてゆく。今では、中国茶や緑茶ベースのフレーバーティーはそれ専門のブランドができるほど、当たり前のものになってきているよ」

「なるほど……。だから、和食に紅茶を合わせるのは、さほど難しいことではないと」

「そうだね。フレーバーティーじゃなくても、プリンス・オブ・ウェールズに代表される紅茶と中国茶や緑茶のブレンドティーなんてものもあったりするから、難しくないかな。むしろ、合わせるだけなら簡単だよ」

——合わせるだけなら。

「奏さんは、それでは満足できないってことですか？」

その言葉に、奏さんが苦笑する。

「そうだね。合うだけじゃ駄目だね。そこは最低ラインだよ。目指すものじゃない」

「では——奏さんが目指すのは？」

「んー……響の料理をより高めたい。お茶と合わせることで、美味しさはもちろんのこと、健康面・美容面での効果もアップさせたい、かな」

「なるほど……」

「おにぎりの味や香りにマッチするだけでは、足りない。具材の栄養素や、香りの効能を高める飲みものじゃないと」

「一筋縄ではいかない……ですか？」

「そうだね。でもまぁ、これは僕がやりたくてやってることだから」

奏さんが、にっこりと笑う。

「僕が、合わせるだけでは満足しないってだけ。別に響に要求されたわけではないからね。完全に僕の自己満足。まぁ……それだけ、響の料理を認めてるんだよ」

「………」

いつもの、判で押したような笑顔ではなく、少し照れているように見えたのは——気のせいだろうか？

「それより、千優ちゃん。気になることがあるんでしょ？」

「え？」

一瞬、なんのことやらと目をぱちくりさせたものの——すぐに気づく。さっきの『変な顔』のくだりのことだ。

「意味がわからないって言ってたけど……」

「そうなんですよ。本当に意味がわからないんです。昨日のことなんですけど」

私は、昨日の夜、見知らぬ女の子に『恋の宣戦布告』をされたことを話した。

予想外の話だったのか、奏さんが珍しく驚いた様子で目を丸くする。

「その子の目はすごく真剣で、ひたむきで、思い詰めている感じもありながら、力強くもあって……だから、変ないちゃもんの類ではないと思うんですけど……。でも……」

「心当たりがない、と」

「……そうなんです」

一切、まったく、微塵も、これっぽっちも心当たりがない。というか、信じていた恋人が二股かけていたあげく、私が『浮気相手』のほう。『本命』はなんと私が敬愛する先輩。しかも、私との関係を清算する前に本命にプロポーズをして、私は本命の『結婚報告』で自分が捨てられたことを知ったという不幸の三段活用みたいな畳みかけられ方をした上で、なぜか別れを告げたあともやんわりつきまとわれている（ような気がしている）状態だし、次の恋とか、考えられる状況じゃない。一切。まったく。微塵も。これっぽっちも。

だから本当に、なんのことかさっぱりわからない。

「……千優ちゃんを、誰かと間違えたとか？」

「いえ、最初に名前を呼ばれましたから。橘さんって」

「へぇ、その子は、千優ちゃんの名前を知ってたんだ？　でも、千優ちゃんは……」

「知らない子でした」

「ミユキ先輩って名前に心当たりは？」

「いえ……。私の知り合いにミユキという名前の人はいません。男性はもちろん、女性もです」

「もしかして、あだ名とか？」

「……把握できている分では、いないと思いますけど……」

首を横に振ると、奏さんが顎に手を当て、考え込む。

「うーん……。この一、二週間で、誰かと出掛けたりとかは？」

「荒木さんの件から立ち直って、ここでバイトをはじめたばかりなので……」

うーんと眉を寄せ、上を仰ぐ。

『星の匣』で働くことが決まった直後、志保とランチに行ったかな。仕事を辞めることを報告して、今抱えている案件を片づけがてら有給消化する間に『星の匣』でバイトをすることも伝えた。そのあと、映画にショッピング。久々に楽しんだけど……。だけどそれはきっと関係ないよね？

あと、誰かと出掛けたっけ？　退職願を出したあと、直属の上司が呑みに連れていってくれたかな。由香里先輩もディナーを奢ってくれた。でも、それもきっと関係ないよね。

あとは――。

「……！　あ……」

「何か、思い当たることあった？」

奏さんが身を乗り出す。ほぼ同時に――聞こえていたのだろう。厨房から響さんが顔を覗かせる。いつもの無表情だったけれど、少し心配そうに見えたのは気のせいだろうか？

「思い当たったっていうか……この一、二週間で会った人といったら……」

私はおずおずと頷いて、脇に置いていたスマホへと手を伸ばした。

そっか。忘れてた。彼女は、男の人だった。

「頻繁に会う友達と会社の人を除いたら、ヨシくんしかいないかなって……」

「ヨシくん？」

「ええ。天海美幸。志保――私の親友のいとこです」

「あらぁ～！　素敵なお店！」

ドアベルの音とともに、聞き覚えがありすぎる声がする。私は勢いよく振り返って――

目を丸くした。

「えっ……？　ヨ、ヨシくん？」

私の声に、レジカウンターでお金の計算をはじめていた奏さんが顔を上げる。

慌ててペンダントウォッチで時間を確認すると――まだ十九時二分前。あ、あれぇ⁉

「え？　ヨシくん……お店は？　ヨシくんとこも十九時までだよね？」

「今日は十八時の受付終了時までに当日予約が入らなくって、十七時ご予約のお客さまが最後だったの。だから、早く終わったのよ。千優ちゃんの仕事が終わってからあらためて待ち合わせするよりも迎えに行くほうが早いし、志保ちゃんが、一度千優ちゃんのバイト先を見に行きたいって言ってたし、アタシも見たかったから、飛んできちゃったわ」

ヨシくんがニコッと笑う。相変わらず、こちらまで明るい気持ちになれる素敵な笑顔。

ダメージジーンズに、ゴツめのブーツ。濃い紫のVネックのニットに、ジラフ柄の黒のコーディガン。色を抜いた髪は、ゆるっとエアリーなウルフ。今日もスタイリッシュで、とってもカッコイイ。

ヨシくんは美容師だ。私の六つ年上で、志保と大学で出逢った時、すでに三宮の有名なサロンで雇われ店長をしていた。二年前に独立して、自分のサロンをオープン。

そのサロンというのが――店内に席は一つだけ。一度に複数のお客さまがいらっしゃることはない、完全一対一のスタイルのプライベートサロン。その時間は、店全体が一人のお客さまのためだけに尽くすため、痒いところに手が届く細やかなサービスと心の底からリラックスできる癒やしの空間が大人気。そしてヨシくん自身も、カリスマ美容師として取材依頼が殺到しているような人気者だったりする。

それは、美容師としての腕だけの話ではなくて、華やかで整った顔と抜群のスタイルで息を呑むほどカッコイイのに、口を開けば女言葉。繊細で女性的なものの考え方をして、女性の心に寄り添い、癒やし、お客さまをまるでお姫様のように大切に扱ってくれる――そんなヨシくんのキャラクターも含めての話。

ただ本人曰く、そうやってもてはやされるのはあまり好きではないとのことで、取材は美容系の専門誌や業界誌の一部しかOKしていないんだとか。

志保の紹介で知り合って、大学時代からカットはもちろん、ヘアアレンジや流行のメイクを教えてもらったりと、とてもお世話になっている人。それ以外でもたまに会って、お茶をしたり、映画を観に行ったりと、仲良くさせてもらっていたりする。

いつも明るくて、優しくて、だけど要領が悪いゆえに無茶をしがちな私を叱ってくれもする――私にとっては『いいお姉さん』的存在だ。

「ご、ごめんね？　急に会いたいなんて言って……」

傍に行くと、ヨシくんが「何を言ってるのよ～」とカラカラと笑う。

「嫌だったら、ちゃんと断ってるわよ。そういうところシビアなの、知ってるでしょ？　大丈夫よ。むしろ、誘ってもらえて嬉しいわ～。でも……どうしたの？　月曜日に会ったばかりよね？　ラインでは、訊きたいことがあるって言ってたけど……」

ヨシくんが私の頭をポンと叩いて、それから少し心配そうに眉を寄せた。

日曜日に、ラインでヘアアレンジについて質問したら、月曜日——サロン自体はお休みなんだけど、いろいろとやることがあるから夜まで店にいるからいらっしゃいと言われて、定時に退社後、私はヨシくんのお店を訪問。ここでバイトする時のための、簡単で可愛いヘアアレンジのやり方をあれこれ教えてもらったのだ。

ここ一、二週間で、志保と会社の人、仕事関係の打ち合わせなんかを除いたら、誰かと会ったのは、その時——ヨシくんとだけ。

「そうなの。ちょっと、訊きたいことが……。あ、でも、そんな深刻なことじゃないから心配しないで。本当に、ちょっとしたことなの」

確かに、二日前には何も言ってなかったのに、急に『訊きたいことがあるんだけど、会えない？』なんて言えば、心配するよね。

でも、ラインやメールじゃ、どう訊いていいかわからないことだったし……。

「来てくれるなんて思わなくて……。こっちから行くつもりだったから。本当にちょっとしたことなの。ごめんね？」

胸の前で手を合わせると、ヨシくんが再び微笑む。

「なんで謝るの？　深刻じゃないなら、いいことじゃない。もう一度言うけど、アタシが会いたくて来たんだから、気にするんじゃないの。ご飯、行きましょうよ。何食べたい？　月曜日はゆっくりできなかったし、久々に呑みましょ！」

「ご飯か……。何がいいかな？　考えておくね。もう十九時になるから、着替えてくる。ちょっと待っててくれる？」

「ええ。あ……！　もうお店閉めるのよね？　出てたほうがいいかしら？」

奏さんのほうを見ると、笑顔で「大丈夫ですよ」と言ってくれる。私は頷いた。

「大丈夫だって。中で待ってて。外、まだ寒いでしょ？」

「じゃあ、お言葉に甘えてそうするわ。実は、こういうファンタジー色の強い雑貨、好きなのよね～。見てるだけでワクワクしちゃう」

「そうなの？」

「そう。自分のスタイルとはかけ離れてるから、買わないし、身につけることも、部屋に置くこともないんだけど、でも好きは好きなのよ～」

ヨシくんが、ディスプレイを覗き込む。

「ホラ、服でもアクセサリーでも、好きなものと似合うものって違ったりするじゃない？　アタシの場合、そのギャップって大きいのよね。可愛くて綺麗なものが大好きなんだけど、似合うのはシンプルでスタイリッシュなカッコイイ系っていうか」

そう言って、ヨシくんがふと手を伸ばす。

そして――持ち手がクラウンの、金の鍵をそっと手に取った。

「――！」

『ステラ・アルカ』に繋がる鍵を、手に取った――⁉

思わず、息を呑む。レジのほうを振り返ると、奏さんもまた目を丸くしていた。

「ああ、素敵ね。でもこれは……値札がついていないし、売り物ではないのかしら？」

質問をして、選んでもらったわけじゃない。それでも、あの鍵を見つけて、あまつさえ手に取ったということは……。

再度奏さんを見ると、奏さんは小さく頷いて、くいっと親指でドアを示した。

『ステラ・アルカ』へと繋がるドアを。

そうして自身は、手早く売上を手提げ金庫へと入れ、従業員用のドアを開けて奥へ。

私はゴクリと息を呑むと、ヨシくんのコーディガンを引っ張った。

「よ……ヨシくん！　あの……」

なんて言おう？　なんて言えばいい？　今まで、ヨシくんには何度もいろいろなことで相談に乗ってもらったけれど――その逆はなかった。だから、なんて切り出したらいいかわからない。

それは私を信用していないとか——そういうことじゃなくて、多分単純に年齢がかなり違うからだと思う。六歳違うんだもん。私も、どれだけ仲がよくても、その子自身のことが大好きでも、六歳年下の子に悩みを相談するかって訊かれたら、しないもの。

「ヨシくん……あのね？」

「なぁに？」

私を見下ろして、にっこりと笑う。鍵はまだ手に持ったままだ。

助けてほしくて、私もつかんだ——あの金の鍵。

ズキンと、胸が痛んだ。相変わらず綺麗で穏やかな笑顔。しかしその陰で、ヨシくんは人知れず助けを求めていたんだ。

私は、それに——今の今まで気づかなかった！

「っ……！　ヨシくん、悩みがあるでしょう⁉」

友達なのに。助けてもらうばかりで、何もできていない——。そんな自分が情けなくて、悔しくて、思わずそのままを口にしてしまう。

そんな私に、ヨシくんが「ええ？」と驚いた様子で笑う。

「なぁに？　急にどうしたの？」

「それは、私が訊きたいことだよ。ヨシくん、どうしたの？　何を悩んでるの？」

「悩んで、って……」

ヨシくんが戸惑い気味に視線を揺らす。私は、コーディガンをつかむ手に力を込めた。

「それはもしかして、紅茶色のゆるふわお団子ヘアの女の子に関することだったりするんじゃない？」

「っ――！」

私を映す双眸が、はっきりと驚愕に見開かれる。私は思わず、鍵を握るヨシくんの手を両手で包み込んだ。

ああ、やっぱり！　あの子の言う『ミユキ先輩』は、ヨシくんのことだったんだ！

「そうなのね⁉　ヨシくん！」

「……どう、して……。千優ちゃん、あの子のこと……」

「わかるの。ここは、そういうお店なの。悩める人のために存在しているの」

「ここが……？」

ヨシくんが、店内を見回す。私は首を横に振って、その手をやんわりと引っ張った。

「正確には、この『星の匣』のことじゃないの。それはね？」

私は背後のドアを手で示した。

「魔法使いの紅茶店『ステラ・アルカ』――」

「ステラ……アルカ……？」

アンティークのドアを見つめて、ヨシくんがポツリと言う。

「そう——。悩みを抱えている人にしか、その鍵は見つけられないの。ヨシくんがそれを選んだってことは、助けを求めているということ。そうでしょう?」

「……それは……」

「私じゃ頼りないかもしれないけど……話してほしい」

力になるからと言いたいけれど、私にできることは、まだ『話を聞くこと』だけ。

でも——響さんが、奏さんが、力を貸してくれるから。

だからもう、一人で悩まないでほしい。

一人で悩んでいても、いいことなんて一つもないから。

「私には話せないと思ったら、美味しいお茶を飲むだけでもいいから……」

再度、ドアを指し示す。

私はヨシくんを見上げて、にっこりと笑った。

「魔法使いが、ヨシくんを癒やしてくれるよ」

「魔法使いの紅茶店ねぇ……」

同じテーブルについて、『ステラ・アルカ』のシステムについてザッと説明したところ、ヨシくんがカウンターのほうをチラリと見て呟いた。

「信じられない？」

「……と言いたいところだけど、しっかり言い当てられちゃったもの。悩みがあることも、その内容についても」

「……紅茶色のゆるふわお団子頭の女の子のこと？」

「そ。驚いたわぁ」

そう言いながらテーブルに頬杖をつき、小さくため息をつく。

そのまま、ヨシくんは何やら考え込んでいたけれど——しばらくして、再度息をついて私へと視線を戻した。

「千優ちゃんは知ってるけど……アタシ、大半の人にはオネェキャラだと思われてるし、それを装ってるところもないでもないけど、実はトランスジェンダーってヤツなのよね。身体の性と、精神（こころ）の性自認に齟齬（そご）がある人間」

私は頷いた。

トランスジェンダーとは、生まれた時の性別とは異なる性別で生きる人、または生きていこうとする人のことを言う。

ヨシくんは身体は男性だけれど、心は女性。

それを聞いた時は、とても驚いたのを覚えてる。だって、確かに女言葉を使っているし、女性的なものの考え方をするけれど、見た目はすごくカッコイイお兄さんだったから。

でも、考えてみれば女性にだって、ロックテイストのカッコイイ系の服装を好む人や、ベリーショートだったりリーゼントだったり――男性的な髪型を楽しんでいる人もいる。性自認が女性だからって、女性的な服装をしなくちゃいけないという決まりはない。

そして、私は、ヨシくんが男性だから友達になったわけでもない。男性でも女性でも、ヨシくんはヨシくんだ。ヨシくんだから好きなのであって、そこに性別は関係ない。

だから、ヨシくんの告白にはとても驚いたけれど、性自認が女性だったからといって、何かが変わるわけでもなく、そのままの関係が続いている。

「アタシはこんななりをしてるけど、これは生きやすさを追求した結果でもあるのよね。一番ラクな生き方がこの姿だったって感じ。これは、ジェンダーエクスプレッションっていうんだけど……あ、これは前に教えたわよね？」

性自認――ジェンダーアイデンティティとは、自ら認識している性別のこと。

そして性表現――ジェンダーエクスプレッションは、簡単にいうと見た目の性別のこと。

服装や、仕草、言葉遣いなどが、どちらの性別らしいのか。

ヨシくんは、性自認は女性。だけど性表現は、男性寄り。女言葉を使ってはいるけど、それ以外はとても男性的。だから、男性寄り。

私は再度頷いた。

「そうだね。前に言ってたね。女性の姿をするより、ラクだって」

「そう。アタシ、無駄に高身長でスタイル抜群、肩幅もしっかりあるもんだから、女性の姿をすると……まぁ、いろいろ言われるのよ。まだLGBTには偏見がつきものだから」

「……うん……」

「まぁ、偏見は悲しいことではあるけれど、でもアタシに関していえば、女性的な表現ができないことは、そうツラいことじゃないのよ。だってアタシ、今の自分の姿、結構気に入ってるんだもの。だから、無理して女性の格好をする必要がないのよ」

ヨシくんが明るく笑う。

「で、こんななりだけど、好きになるのは男だったわ。どの性別を好きになるか。これはなんと言ったでしょう?」

「性的指向――セクシュアルオリエンテーション……だったよね?」

恋愛対象や性的欲求が、どの性別に向いているかということを示すもの。

私の答えに、ヨシくんが再びニッコリと笑う。

「正解。アタシの場合、それが男性なの。アタシの身体は男だけど、性自認は女だから、アタシは異性愛者ということになるわ」

「うん。知ってる」

志保とヨシくんと三人で、今までどれだけガールズトークをしてきたと思ってるの?

ちゃんと知ってるよ。なんなら、ヨシくんの男性の好みも知ってるし、理想も知ってる。歴代の恋人も知ってるよ。酔った時のヨシくん、本当に饒舌なんだもん。

「ヨシくんの理想のタイプは、『ちょい悪オヤジ』の代名詞のあの人だったよね？」

「そう！　アタシ、余裕の感じられる粋なおじさま、大好きなのよ！」

名前を挙げると、ヨシくんが思わずといった様子で私の手を握る。

けれどすぐに、戸惑い気味に視線を揺らし、そのまま俯いて——苦笑をもらした。

「そうだったはず——なんだけどね？」

「……え……？」

そうだった——はず？

驚く私の手を離して、ヨシくんが視線を彷徨わせる。

「そう……。そうだったはずなのよ……。でも……」

モゴモゴと言いよどみながら、再度俯いてしまう。色を抜いた明るい髪がサラリと揺れて、ヨシくんの表情を覆い隠した。

「実は……その……」

「……ヨシくん……？」

「……あの、あのね……？」

そのまましばらく、両手の指を擦り合わせながら「えっと……」とか「あのね……？」

を繰り返したあと、ヨシくんが意を決したように顔を上げ、その頬をほんのりと赤く染めた。

「千優ちゃんの言う『紅茶色のゆるふわお団子ヘアの女の子』のことを……ええと……好きになっちゃって……」

「ええっ⁉」

思ってもみなかった言葉に、素っ頓狂な声を上げてしまう。私はポカンと大口を開けて、顔を赤らめてモジモジしているヨシくんを凝視した。

えっ⁉　そ、そっちなの⁉

悩みは人間関係についてで、それにあの女の子が関わっているとは予想していたけれど、ヨシくんの好みを知っているからこそ、ヨシくんがあの女の子のことを好きって可能性はまったく考えていなかった。

性自認が女性のヨシくんにあの子が惚(ほ)れてしまったことから——何かしらのトラブルが起きたんじゃないかって思っていたんだけれど。

「………」

言葉を失ってしまった私を見て、ヨシくんが恥ずかしそうに俯く。

「うちの……従業員なの。朱音(あかね)ちゃんっていうの。すごくいい子なのよ。頑張り屋さんで、昔のアタシと同じく、自分のサロンを持つために、日々努力しているの」

「アカネ、さん？」

「そう。望月朱音ちゃん。千優ちゃんと同じ歳よ。つまり、六つも年下なの。まぁ、まず相手にされるわけないわ。アラサーのオバサンなんて。ああ、そう、あの子も、アタシの性自認が女だってことは知ってくれてるの。だから、アタシのことは『ミユキ先輩』って呼ぶぐらい。ホラ、アタシの名前、ミユキとも読めるでしょ？」

「……！　『美幸』を……」

「そうなの……。ミユキって呼んでくれた時は、嬉しかったわ」

ヨシくんが、何かに想いを馳せるように遠い目をして、口もとを綻ばせる。

その切なげな笑みに、きゅうっと胸が痛んだ。

「アタシの心が女性であることを、すんなりと受け入れてくれた証のようで……」

「……ヨシくん……」

「それなのに……。なぜかしら？　アタシ、自分がわかんなくなっちゃって……」

ヨシくんが、くしゃりと前髪を手でかき混ぜて、目を伏せる。

「この想いは、本当に恋なのかしら？　朱音ちゃんは女の子よ。精神も身体も、女の子。そしてアタシの精神は女で、恋をする相手はいつだって異性だったわ。それなのに……。それとも後輩に対する庇護欲みたいなものを、恋と勘違いしているのかしら？」

響さんや奏さんとはまた別の――女の子に魔法をかける手が、ブルブルと震えている。

私は思わず、ブラウスの胸もとをつかんだ。

「アタシ、女として、朱音ちゃんのことが好きなのかしら。つまり、この恋は同性愛なのかしら。それとも、男として、朱音ちゃんを想っているのかしら。この恋は、異性愛なのかしら。わからなくなっちゃって……」

「……ヨシくん……」

「相手になんてされるわけがないってわかってるけど、でももし万が一、アタシの想いが実ったとして——その場合、朱音ちゃんは、女としてのアタシを受け入れてくれたことになるのかしら？　それとも、男としてのアタシを？」

そこまで言って、ヨシくんが、「告白する勇気もないクセに、受け入れてもらえた時のことをアレコレ考えてるなんて、ホント馬鹿みたいだけど」と自嘲気味に笑う。

「そんな……馬鹿みたいだなんて……」

そんなことないよ。そんなことないんだよ。ヨシくん。朱音さんも、ヨシくんのことが大好きなんだよ。私、宣戦布告されちゃったもん。

負けないって言ってたよ。

奪ってみせるって言ってたよ。

恋する女の子の顔だった。あの涙は、間違いなく本物だったよ。

そう言ってしまいたかったけれど、ぐっと我慢する。それは、私が言っていいことじゃない。ましてや、本人の許可も得ていないのに。

胸の内で大切に育んだその想いは――本人だけのものだから。

「でも、そこはやっぱり考えちゃうじゃない？　好きな人のことを、好きな人との未来を妄想するの、女の子ならしないわけないじゃない？」

「うん。普通だよ」

女の子なら、当たり前にすることだよ。そんなふうに言わないで。

私の言葉に、ヨシくんが「ありがと」と小さな声で言って、苦笑する。

「でも、考えれば考えるほど、もうわけわかんなくなっちゃって……。だけどこれって、精神と身体の性が一致している人なら、悩まないことじゃない？　だからね？　やっぱり考えちゃうわけよ。どうして、アタシはこうなんだろうって……」

「……ヨシくん……」

「言っても仕方ないことだってわかってるのよ？　嘆いたところで、性なんて変わるものじゃないもの。だけど、どうしても考えてしまうのよね……」

「…………」

なんと言っていいかわからず、口ごもってしまう。

男性だとか、女性だとか、そんなことは一切関係なく、ヨシくんはとても素敵な人だ。嘆かないでほしい。苦しまないでほしい。そう思っても――性の問題は、生きていく上で避けては通れないものだ。そして、それはとても繊細なもの。

精神と身体の性も性表現も一致している私には、ヨシくんの抱える苦悩が本当の意味で理解できているとは言いがたい。

だから、何を言っても、上っ面な言葉になってしまいそうで……。

「――お待たせいたしました」

思わず、唇を噛んだ時だった。背後から、とても穏やかな声がする。

ハッとして顔を上げると、銀トレーを手にした奏さんがニコッと笑った。

「ほうじ茶ミルクティーです」

「ほうじ茶……ミルクティー？」

出されたのは、濃いブルーの大輪の花模様が印象的なカフェオレボウル。

ほかほかとした白い湯気からは、ホッとするなんとも言えないいい香りがする。

「ええ。昨今(さっこん)は『ほうじ茶ラテ』の名称で親しまれていますが、ひっそりとブームが来る前から楽しんでいた身としては、こちらの呼び方のほうがしっくりくるので」

あ、そうか。確かに、ほうじ茶ラテは最近よく聞くかも。

でも私、飲むのははじめてだ。

「黒糖でほんのり甘味をつけてはいますが、お好みで蜂蜜をどうぞ」

レトロなガラスのハニーポット。中にたっぷりと入った黄金色の蜜に、思わずゴクリと喉が鳴ってしまう。

「ほうじ茶に含まれるカテキンには、殺菌効果と強い抗酸化作用があり、老化を招く活性酵素の働きを抑制する効果があります。また、お茶に含まれるビタミンCとの相乗効果で肌の回復力を高めてくれます」

「え……？」

思わず、奏さんを見上げる。

「そうなんですか？」

そういえば、ほうじ茶や麦茶、緑茶は、子供のころから当たり前に飲んでいるからか、あまり効能とか考えたことがなかったかも。

「紅茶は今まで馴染みがなかったから、詳しいことは知らなかったけれど、こっちは逆に身近すぎて知りませんでした……」

「そういう人は多いね。でも、もったいないよ。身近ってことは、よく飲むものってことでもあるんだから。その効能は知っておいたほうがいいよ」

そう言ってニッコリ笑って、ヨシくんに視線を戻す。

「女性には気になるカフェインですが、ほうじ茶はほかのお茶に比べて含有量が少なく、逆にほうじ茶の香りに含まれる『ピラジン』には血管を広げる作用があり、血流改善や、冷え症の解消にもよいとされています」

「冷え性にも？」

「ええ。そして、ピラジンにはリラックス効果もあります」

「へぇ……」

ヨシくんが目の前のカフェオレボウルをしげしげと見つめる。

「知らなかったわ……」

「牛乳には、人体の生理機能を調整するために欠かせないカルシウム、自律神経を整えるビタミンB12、神経や精神を落ち着かせる必須アミノ酸——トリプトファンが含まれています。どれも、ほうじ茶と合わせて、ストレス緩和に高い効果を発揮します」

奏さんがトレーを脇に挟んで、両手で何かを包むような仕草をする。

「カップは、あえてティーカップやマグカップではなく、カフェオレボウルにしました。両手で包むように持って、手と指をしっかりと温めてください。それが深部体温の放熱を促し、身体を休息状態に導いてくれます」

よりリラックスするために、身体を休息状態に持っていくってこと？

私はカフェオレボウルを両手で包み込むと、ほかほかと立ち上る香りを胸いっぱいに吸い込んだ。

栄養素に関しては、摂取してから効果を発揮するまでにしばらくかかるけれど、香りの効能は即効性。これは、ここで教わったことだ。

ヨシくんも、私に倣う。

「ああ……。いい香りねぇ……」

「ホント……」

ゆっくり一口啜ると、ほうじ茶の香ばしさとミルクのまろやかさ、そして黒糖の優しい甘さが喉を滑り落ちてゆく。

こういうのを、『ホッとする味』って言うんだと思う。じんわりと身体の奥が温まり、不要な力が抜けてゆく。

「お料理もすぐに来ますので、もう少々お待ちください」

奏さんが「ごゆっくりどうぞ」と頭を下げて――それからふと、私たちを見る。

そして何やら逡巡（しゅんじゅん）すると、少しだけ悪戯っぽく笑った。

「ああ、僕から一つ――」

綺麗な人差し指を、その唇に添える。

「このほうじ茶ミルクティーは和でしょうか？　それとも洋でしょうか？」

思わず、ヨシくんと私――二人とも奏さんを見、そして手の中のカフェオレボウルへと視線を落とした。

え……？　ど、どっちだろう？

『ミルクティー』とか『ラテ』とかいう名前がついているぐらいだし、洋？　ああ、でもほうじ茶は日本のものだよね？　黒糖も和って感じがする。

味わいに関しても……迷う。洋風の気もするし、和風な気もする。

「ど、どっちだろう……？」

「言われてみたら、よくわかんないわね……」

ヨシくんも首を傾げる。

「千優ちゃんなら、どっちに分類する？」

「うーん……。どちらかといわれたら……」

和？　いや、洋？

うーんと考え込んでいると、ヨシくんがカウンターのほうをチラリと見て、「難題よね。正直、こんなクイズ、出してほしくなかったわ。普通〜に楽しみたかった」と言う。

「だって美味しいんだもの。心の底からホッとできる……。眉間にしわを寄せて、難しい顔して飲みたくなかったわ」

「ホ、ホントだね……」

そう言いながら、私もカウンターの奥の奏さんをそっと盗み見る。

おかしいな？　そんなことに気づかない奏さんじゃないはずなのに。

悩むヨシくんを癒やすため、神経や精神が鎮まることを、深くリラックスさせることを狙って、このほうじ茶ミルクティーを用意したはずなのに。

内心首を傾げていると、厨房のドアが開いて響さんが姿を現す。その両手には、スープカップがのった白いスクエアプレートが。

「お待たせいたしました」

ゆっくりと歩いてきた響さんがポツリと言って、それを私たちの目の前に置く。

「三種のオイルおにぎりとトマト味噌のミネストローネスープです」

「わ……！」

お皿の中央には、私が昼に試食したあのオイルおにぎりが。種類は、オリーブオイルを使ったほぐし鮭とごまとディルのもの。そして、アボカドオイルを使った桜エビとドライトマトのもの。ココナッツオイルを使ったミモレットとバジルのもの。一つ一つラップに包まれていて、味の説明が書かれた可愛いマスキングテープが貼られている。

その横には、なんだかカラフルな玉子焼きが二切れと、ピンク色をしたポテトサラダが。

そしてスープカップには、具だくさんのミネストローネスープ。

すごく美味しそう。

「トマト……味噌……？」

聞き慣れない言葉に、ヨシくんが響さんを見上げる。

「その名のとおり、トマトと味噌で作る調味料です。塩レモンやニラしょうゆなどと一緒ですね」

「トマトと……味噌を？」

「そうです。うちでは、湯むきしてカットしたトマトと特製の合わせ味噌を混ぜ合わせて煮詰め、すりおろした生姜とオリーブオイルを加えています」

「へぇ……はじめて聞いたわ」

私も。

「トマトの栄養素と様々な美容効果については、すでにご存知だと思います。その中でも活性酸素の除去に有効なリコピンは、油分や熱を加えるとより吸収率がアップします」

「あ……。それでオリーブオイルを……」

私の言葉に、響さんが頷く。

「中性脂肪やコレステロールの低下、さらには心血管疾患の予防にも効果がある。味噌も、昔ながらの保存食であり、健康食品でもある。大豆イソフラボンは、女性の美容と健康に決して欠かせないものだ」

そう言って――響さんがヨシくんに視線を戻す。

「コンソメと白だしを合わせたスープで野菜を煮込み、そのトマト味噌で仕上げました」

「ああ、それでふんわりとおだしの香りがするのね？」

「そうです。ポテトサラダは刻んだしば漬けとサバ缶、角切りにしたクリームチーズを、茹でたジャガイモに混ぜ込んで作りました」

「えっ⁉　しば漬けとサバ缶とクリームチーズ⁉」

思わず、ヨシくんとともに、ピンクのポテトサラダを食い入るように見つめる。

え……？　ポテトサラダに入れる具材で、そんなのはじめて聞いたんだけど……。

「…………」

ヨシくんと顔を見合わせ、木匙でそのポテトサラダをすくう。

「っ……！　美味しい！」

おそるおそるといった様子で口に入れたヨシくんが、目を丸くする。

「しば漬けとクリームチーズって、合うのね！　びっくりだわ！」

しば漬けの爽やかな酸味と、サバの旨味。そのあとに広がる、クリームチーズのコク。ポリポリという食感も楽しくて――本当に美味しい！

「そういえば、ポテトサラダって塩もみしたお野菜を入れるのが基本で、ジャガイモにもしっかり塩味をつけてからマヨネーズであえるものね。そう考えると、お漬けものが合わないわけないいんだわ」

「……本当だ」

それに、大人向けのものには、アンチョビやベーコンが使われていることも結構ある。

そう言うと、ヨシくんが大きく頷く。

「ああ、そうそう。バーや居酒屋で食べるアレ、アタシ好きなのよね。……そっか。そう考えたら、別に突飛な組み合わせでもないんだわ」

「そうだね。考えてみたら、我が家のポテトサラダは、塩もみしたキュウリとニンジンとクラッシュしたゆで卵とツナ缶を入れるから……」

「ああ、前に作ってくれたやつね。じゃあ、サバ缶って聞いて一瞬怯(ひる)んだけど、合わないわけがないんだわ」

ヨシくんがスープカップに手を伸ばしながら、納得顔で再度頷く。

多分だけど、しば漬けとサバ缶とクリームチーズの味だけで充分で、ジャガイモ自体に塩胡椒で味つけする必要はないんだよね？　これ、私にも作れそう？

味を記憶するべくもっと食べたいのに、ほんのちょっと添えてあるだけだから、すぐになくなってしまう。う。悲しい。

「ああ、沁みるわっ……！」

ミネストローネを飲んだヨシくんが唸る。

「白だしと味噌がいい仕事をしているのがわかるわ〜。こんなにほっこりと身体に沁みるミネストローネスープははじめてよ」

「……！　玉子焼き……！　初体験の味です！」

思わず口を押さえて、ヨシくんに頭を下げた響さんを見上げる。

「おだしの味とハーブバター、ベーコンの肉汁がジュワッと口の中に広がって……えっ⁉

こんなのはじめてです！」

　響さんが目を細める。

「赤と黄色のパプリカとピーマンをベーコンとともにハーブバターで炒め、出汁と一緒に玉子に混ぜ込みました」

「……本当だわ。スパニッシュオムレツに少し近い感じもするけど……でもおだしの味もしっかりするし……」

　ヨシくんも目をまん丸くして、玉子焼きを見つめる。

「ハーブバターはよく知らないけど……でもこれ、今までに何回も食べたことがあるわ。なんだったかしら」

　多分、ヨシくんが言っているのは、エスカルゴバターだと思う。パセリとニンニクの風味がとても食欲をそそる――あの。フレンチやイタリアンではよく使われているから、私も何度も食べたことがある。

　だけど、それとおだしを合わせるなんて……。

「とにかく、はじめての味だわ……」

「そうだと思います。『玉子焼き』としては、かなり邪道なものですし」

「邪道……ですか？」

「ええ」

響さんは頷くと、ヨシくんの皿を手で示した。

「お客さま。この玉子焼き、和食だと思いますか？　洋食だと思いますか？」

「えっ……？」

突然の——だけど奏さんと同じ質問に、ヨシくんが目を丸くする。

「いえ、玉子焼きだけではありません。オイルおにぎりもミネストローネスープもポテトサラダも……どちらだと思いますか？」

「え……ええと……」

また、それ……？

思わず、眉を寄せてしまう。なぜ、そんなことを訊くのだろう？　そんなこと気にせず、ゆっくりと楽しみたいのに。

そう思いながらじっと響さんを見つめていると、ふと響さんがこちらを見て、なんだか少し困ったように苦笑する。

ともすれば見逃してしまいそうなほどのささやかな笑みに、ドキッと心臓が跳ねた。

「……にらまれてしまったので、質問を変えましょうか。どちらだと嬉しいですか？」

響さんが視線をヨシくんに戻して、言う。えっ⁉　に、にらんでなんかいませんよ？

ただ、まぁ、少し不満を覚えてはいましたけども。

「え？　どちら……だと……？」

「この皿が、和食として出てきた時、洋食として出てきた時、どちらが嬉しいですか？　ちなみに正解はありませんから、お客さま自身がどう思うかで構いません」

え？　正解がないの？

その言葉に、また驚く。

え？　じゃあなんで、響さんも奏さんも、わざわざそんなこと訊いたんだろう？

「アタシ、自身が……？」

ヨシくんが難しい顔をしてしばらく逡巡し——けれど答えが出ないのか、「え～？」と首を傾げながら私を見る。

「千優ちゃんは？」

「え？　私はどっちでも嬉しいけど？」

だって、和食として出てきたって、洋食として出てきたって、美味しいものは美味しいもの。それで味が変わるわけじゃない。

「和食を頼んでこれが出てきても、洋食を頼んでこれが出てきても、予想や先入観を覆す嬉しい驚きを感じられるし、だからどっちでも嬉しいけど……」

「え？　それでＯＫなの？」

「ＯＫも何も……。だって、これ、比べられなくない？」

そもそも、比較になっているかどうかも怪しいような？

「分類関係なく、玉子焼きもポテトサラダもミネストローネもおにぎりも美味しいもん」

私の言葉に、響さんが目を細める。

「当店のロイヤルミルクティーは、ほかの紅茶店では考えられないような邪道な淹れ方をするのですが、うちの橘がそれをはじめて飲んだ時に言った言葉が、俺はとても好きです。

――『美味しいこそ正義』」

「……！」

ドキンと、再び心臓が音を立てる。

「俺は、それに勝るものはないと思ってます」

「……美味しいこそ、正義……」

「ええ。性の問題は、とても繊細なものです。画一的な答えはなく、十人いれば十通りの答えがあるものだと思っています。ですが、個人的な意見を言うことが許されるなら――

俺は、お客さまの『想い』こそ大切にしてほしいと願います」

ああ、そうか――。

ようやく、響さんと奏さんが伝えたかったことを理解して、じんわりと胸が熱くなる。

ああ……。本当に、本当に、二人はすごい。

「誰かを想う気持ちは、とても尊いものだと――」

「………………」

恋をしたのは、男としてか、女としてか——それよりも、朱音さんへの『想い』こそを大事にしてほしい。

そうだよ。理想とはかけ離れているはずなのに、好きにならずにはいられなかったんでしょう？

無意識に他者に助けを求めるぐらい、悩んでいたんでしょう？

それは、それだけ朱音さんのことが好きってことでしょう？

響さんが「——ごゆっくりどうぞ」と頭を下げる。私は大きく息を吸うと、真っ直ぐにヨシくんを見つめた。

「私は、ヨシくんのことが好きだよ。ヨシくんが男性でも女性でも、それは変わらない。どちらにカテゴライズされても、ヨシくんの魅力は変わらないんだもの。当然だと思う。ヨシくんだから好き。ずっと友達でいてほしいって思う」

「……千優ちゃん……」

「ヨシくんは違うの？　もし私の精神が男だったら、友達やめる？」

「そんなわけ……！」

ヨシくんが激しく頭（かぶり）を振る。

「そんなわけないじゃない！　大好きよ！　千優ちゃんは千優ちゃんよ！　性別関係なく一生モノだと思ってるわ！」

「私も一緒だよ。私にとっては、この『好き』こそ正義。ヨシくんと一生友達でいること以上に重要なことなんてない」

「……千優ちゃん……」

「ヨシくんは、男女のカテゴライズで、これまで嫌な思いをたくさんしてきてると思う。男だから、女だから、男なのに、女なのに、男のくせに、女のくせに——。誰かが考えた型にはめられて、苦しい思いもたくさんしたよね？」

志保が以前、少しだけ話してくれた。高校生までのヨシくんは、自分に自信がなくて、下を向いてばかりで、友達とも上手くやれなくて、一時期は保健室登校してたって。だからこそ今、夢を叶えて、さらに前を向いて、明るく笑っているヨシくんが大好きで、心の底から尊敬してるんだって。

「だから怖いのもいろいろ考えてしまうのもわかるけど、相手の気持ちを型にはめないであげてほしい。私、性別の問題でヨシくんが離れていっちゃったら嫌って言ったよね？」

「……！」

ヨシくんがハッとしたように息を呑む。

「朱音さんの気持ちは、朱音さんのもの。ヨシくんの想いにどう答えるかも、朱音さんが決めることだよ。理想とは遠くかけ離れているのに、好きにならずにはいられなかった子なんでしょう？　性別の問題は難しいことだし、繊細なことだし、恋愛でそれを度外視して考えることはできないかもしれない。でも、『だからどうせ駄目』なんて、そんな考え方だけはしないで。それは朱音さんが決めることだよ」

「……千優ちゃん……」

「私だったら、性別を理由に遠慮してほしくない。もちろん、これは私の個人的な意見で、すべての人がそう考えるわけじゃない。でも、朱音さんは、ヨシくんのカミングアウトをちゃんと受け止めて、『ミユキ先輩』って呼んでくれたような子なんでしょう？」

精神の性が女性であることを受け入れてくれただけじゃない。それを大事にしてくれた子なんでしょう？

「想いを伝えるも伝えないも……それはヨシくんの自由だけど、その理由に朱音さんへの忖度（そんたく）を入れちゃ駄目だよ？　男としてなのか、女としてなのか、自分自身わからないから、伝えたりしたら朱音さんがきっと困ってしまう。そんなふうに考えちゃ駄目だよ？」

朱音さんの想いも知っているだけに、語気が強くなってしまう。

ああ、両想いなんだよって言ってしまいたい！

「わからなくても、ヨシくんが抱いた『好き』は、絶対に間違いなんかじゃないんだから。それは本当に、尊いものなんだからね？」

だから――諦めないで。

男として？　それとも女として？　どちらの性で抱いた想いなのか――わからないのは

不安だと思う。

だけど、だからといって、その想いが軽いわけでも、いいかげんなわけでも、ましてや間違ってるわけでもない。むしろ、性なんて関係ないところで、強く好きだと思った――それ以上の想いなんてないんじゃないのかな？

男だから女だからという次元で、好きになったわけじゃない。朱音さんだからこそ。自分の性も、相手の性も度外視して、朱音さんだからこそ――。

きっと、朱音さんのほうも。

彼女は、『あなたが恋人になれるのなら』と言った。『あなたでもいいのなら、私だって構わないはず！』と。

あれは、私を下に見て口にした言葉じゃない。訳すなら、『女が恋人になれるのなら』『女でもいいのなら』なんじゃないかな？

『ミユキ先輩』は女性だから。そして、性的指向は異性だと知っていたから。朱音さんは自分の気持ちを必死に抑えてきたのだと思う。店主と従業員という――今の良好な関係を崩したくないのもあったんだと思う。だけどそれ以上に、ヨシくんが困ると思ったから。異性が好きなヨシくんが、同性から告白されたら、きっと困ってしまうと思ったから。

だけど、私を恋人と勘違いしたことで――タガが外れた。

「……っ……」

諦めないでほしい。お互いにほんの少しの勇気を出しさえすれば、ともに歩める未来に手が届くから。望む未来は、手に入るから。

男としてか、女としてか。異性としてか、同性としてか——それは、二人でゆっくりと解決していけばいいことじゃない。

二人の想いは、同じなんだよ。

だからどうか、その胸にある『好き』を大切にしてほしい！

「…………」

ヨシくんが、ココナッツオイルを使ったミモレットとバジルのおにぎりを手に取り——ゆっくりと口に運ぶ。

無言のままモグモグと食べて、息つかぬ間にミネストローネスープを啜る。

そして、ほうっと感嘆の——安堵の息をつくと、うっとりと微笑んだ。

「っ……美味しい……」

同時に、ほろりと透明な雫が零れる。私はハッとして身を震わせた。

それは、とても綺麗な涙だった。

朱音さんと同じ——真っ直ぐで、ひたむきで、純な恋心をそのまま映したかのよう。

「……ヨシくん……」

「どれもこれも、和食か洋食かわからない……曖昧な料理なのにね」

ヨシくんがはにかみながら、人差し指で目もとを拭う。

「でも、美味しいわ。本当に美味しい……」

「………」

「美味しいこそ正義……。本当にそうだわ。この美味しさの前じゃ、和食か洋食かなんて些末なことだわ」

ヨシくんが私を見つめて、にっこりと笑った。

いつものヨシくんの、明るくて、優しくて、穏やかな──大好きな笑顔。

「ありがとう。千優ちゃん。アタシ、こんなだから……やっぱり怖かったんだと思うわ。これ以上『人と違う』ことが増えるのが」

「……ヨシくん……」

「千優ちゃんの言うとおりだわ。間違ってなんかいないんだもの。堂々としていればいいのよね。アタシが、アタシの気持ちを大事にしなくて、誰がしてくれるっていうの？」

「……そうだよ」

私は頷いて──にんまり笑った。

「ヨシくんの夢を叶えられるのはヨシくんだけなんだよ？　そう思って、今まで頑張ってきたんだよね？　これは、夢が一つ増えたってお話じゃないの？」

「夢が？」

「そう。朱音さんと二人で歩む未来。——夢でしょ？」

「っ……！」

かぁっと、ヨシくんが顔を赤くする。

「あ……。そ、そうよね……。そうなるわよね……」

あたふたと視線を泳がせながら、熱くなった頬を擦る。六つも年上の人にこんなことを言うのもアレなんだけど……こういうとこ本当に可愛い。

「……そうね。確かに夢だわ……。実現できたら、本当に素敵……」

そして両手で口もとを覆って、噛み締めるように繰り返した。

「ああ、本当に。それができたら、どんなにいいかしら……」

そうだよ。きっと、ますます毎日楽しくなるよ。

想いを寄せた相手から想われるなんて、もうそれだけで奇跡だもの。ヨシくんは、まだ朱音さんも自分のことを想っていてくれてるなんて、夢にも思っていないみたいだけど。

でも——その奇跡は、すでに現実のものだ。

だったら、二人の未来が明るくないわけがない。

私はそっと目を伏せた。

ああ。こんなヨシくんを見ていると、やっぱり恋っていいなぁって思ってしまう。

恋は当分いいかなって思ってた。はじめてできた恋人に騙されて、裏切られて、そして私自身も裏切り者になってしまって——それが心に痛くて。

だけど、やっぱりいいなぁって。

『好き』は、人を臆病にもするけれど、反対に無限の力を与えてくれもする。

朱音さんは、気持ちを殺すことをやめた。幸せのために、できることをすると決めた。

「………」

二人の、真っ直ぐで、ひたむきで、純な涙を思う。

私もまた、あんなふうに強く誰かを想うことができるだろうか——。

「失礼いたします」

沈黙をそっと払うかのように、奏さんの穏やかな声がする。

ハッとして顔を上げると、綺麗な手がお冷やを新しいものに変えてくれる。

カランと透明な氷が澄んだ音を立てた。

「あの、ほうじ茶ミルクティー……とても美味しいです。食後に、もう一杯いただいてもいいかしら？」

ヨシくんが赤い頬を擦りながら、おずおずと言う。

「ええ。もちろん。ご用意いたしますよ。気に入っていただけて嬉しいです」

「あの……ちなみになんですけど、お兄さんはどちらだと思ってるんですか？」

「和か洋か、ですか？」

氷が溶け切ったお冷やを銀トレーにのせ、奏さんが「そうですね……」と小首を傾げる。

「——LGBTはすべてのマイノリティーを示す言葉ではありません。同性にも異性にも性的欲望を持たない、または興味が持てない人をアセクシュアル。身体的に男女の区別がつきにくい人をインターセックス。そして、自分の性別や性的指向に確信が持てない人をクエスチョニングと呼ぶそうです」

確信が持てない——人？

「もしかして、ヨシくんも……？」

「さぁ？　それは僕にはなんとも。ここで重要なのは、『どちらでもある』という分類も存在しているということです」

その言葉に、息を呑む。

どちらでもある——？

「ほうじ茶ミルクティーも、同じだと僕は思ってます。和の分類からも、洋の分類からも外れているのではなく、『どちらでもある』という分類に属しているのではないかと」

「……あ……」

「和でもあり、洋でもあり、なおかつ美味しい。これって最強だと思いませんか？」

「っ……！」

その言葉に、ヨシくんが肩を震わせ、くしゃりと顔を歪める。

そして両手で顔を覆うと、声を震わせた。

「ありがとう、ございます……！　ああ、本当に……！　本当にそうだわ……！」

そのまま何度も「ありがとうございます」と繰り返す。消え入りそうな、小さな声で。

「――ごゆっくりどうぞ」

奏さんが穏やかな笑顔で一礼して、カウンターへと戻ってゆく。

その背中を見送って――私はヨシくんへと視線を移した。

この世の中には、やっぱりどこか『多数派が正しい』みたいな風潮があって、その中で『皆と違う』、あるいは『少数派』であることを認めるのは、とても勇気がいることだ。『皆と同じ』という枠から外れることは、怖くもあるだろうし、不安も大きいと思う。それによって傷つくことも、たくさんあると思う。

それでも――ヨシくんは自分を貫いた。形に囚われることなく、自分の信じる道を突き進んだ。真っ直ぐに前を見て、弛まぬ努力を重ねて夢を叶え――そして成功した。

恋もした。固定観念に囚われることなく、心のままに、自由に。

それは、誰がなんと言おうと、カッコイイ！

「どちらでも、ある……かぁ……」

男性でもあり、女性でもあり、なおかつ魅力的なヨシくん。

ああ、そうだ。これ以上素敵なことなんて、ないじゃない。

きっと、朱音さんは――そんなヨシくんを好きになったんだと思う。

そして朱音さん自身も、性別とか関係なく人のよさを見つけることのできる、素敵な人なんだと思う。

「……いいお店だわ……」

ヨシくんが鼻を啜って、ポツリと呟く。

「ファンになっちゃったじゃない……」

「……そうでしょ?」

その一言が、まるで自分のことのように誇らしい。

「私も大ファンなの!」

「申し訳ありませんでした!」

翌日。閉店前――。ドアが開くなり店内に響き渡った大きな声に、私はビクッと背中を震わせた。

「え……?　あ……!　ええと……望月朱音……さん……」

「勘違いをしただけではなく、本当に失礼なことをしでかしまして!　なんとお詫びしていいか！　本当に、申し訳ありませんでした！」

朱音さんが、身体を折り曲げて深々と頭を下げる。

――ほかにお客さまがいなくてよかった。

私は半ば呆れながら、朱音さんの背後――ドアに半分身を隠してこちらを見ているヨシくんを見つめた。

「……仕事が早すぎない？　これだからデキる人間は」

「……あれだけ背中押されちゃ、行動しないわけにいかないじゃない」

心に決めたことを即行動に移せる人が、成功するんだよね。わかってる。わかってる。

でも、告白まで、昨日の今日でするとは思わないじゃない。

私は頭を下げたままの朱音さんをチラリと見て、小さく肩をすくめた。

「……それで？　聞いたの？」

「いえ、それが……何も聞いてないのよ。ただ、ひどく切羽詰まった様子で千優ちゃんに謝らなきゃって何度も何度も言うもんだから……」

「……連れてきてくれたのね？」

そっと息をつくと同時に、朱音さんがガバッと顔を上げる。

「返事をする前に、こういうことはきちんとしておかないとと思いまして！」

「えっ!?」

返事をする――前に!?

「ま、待って！　返事保留してるの!?」

思いがけない言葉に、思わず目を丸くする。

しかし朱音さんは当然だと言わんばかりの表情で、大きく頷いた。

「もちろんです！　謝罪もしないうちにおつきあいを開始するなんて、許されません！」

いや、いいよ！　そこは少々前後したって！

「か、可哀想……。ヨシくん……」

事情も何も聞かされないまま、告白のお返事を保留されるなんて。

「でも、私は――」

「う、うん。謝罪が先だって思ってくれたんだよね？　ありがとう」

それだけで、朱音さんがとてもいい人なのだとわかる。ヨシくんが言ったとおり。

「だけど、どうしてあんな勘違いを？」

「それは、月曜日に……。お店が休みなのに店内でお二人が楽しそうに談笑しているのをたまたま見てしまったんです……。ミユキ先輩は公私をしっかり分ける人だから、ただのお客さまを休みの日にお店に入れるわけがない。だから……」

「……なるほど。それで、私がヨシくんの特別な人だと思ってしまったと……」

「……はい。それで……頭に血が上ってしまって……。私が入店して一年――二回ほど、おもてなしさせていただいた記憶があったので、翌日に顧客情報から探して……」

「……宣戦布告したってわけね？」

私は苦笑した。

あの時はただただ驚くばかりだったけれど――でもよく考えたら、あの宣戦布告だって、彼女の真っ直ぐな性格をしっかりと表していると思う。

だってそうでしょ？　わざわざライバル宣言するだなんて。そんなことしないほうが、絶対にやりやすいはずだもの。現・恋人を出し抜くにも。二人を別れさせるにも。

『奪う』と言ってはいたけれど、実際彼女は、正々堂々――『勝負』を挑んだ。

ヨシくんと恋人の仲を『壊す』のでもなく、恋人からヨシくんを『盗む』のでもなく。

ヨシくんにはもちろん――自分にも顔向けができなくなるような卑怯なことも、醜悪なことも、しなかった。

彼女は『裏切り者』にならなかったし、ヨシくんを『裏切り者』にもしなかった。

ただ、誠実であり続けた。ライバルにさえ。

それは、とてもすごいことだと思う。

「だけど今日、ミユキ先輩から告白されて……本当にびっくりしたんです。混乱しました。

それで、月曜日のことを聞いたら……私の完全な勘違いだったってわかって……」

そこまで言って朱音さんはぐるりと店内を見回すと、口もとに手を添えて声をひそめた。

「あと、橘さんは、この店の超イケメンの双子といい感じだって聞いて……。だとしたら、本当に申し訳ないことをしたと……」

「っ……⁉」

私は思わず目を丸くして――それからドアの前に立つヨシくんをにらみつけた。

「ヨシくん！　テキトーなこと言わないでよ！」

「え？　違うの？」

「ち、違……！」

かぁーっと一気に顔が真っ赤に染まる。私は慌てて首を振った。や、やめてよ。ここで顔を赤らめたら、図星だったみたいじゃない！　違う！　違うから！

そうじゃない！　決して……そんな目で見てなんかないから！　そ、そりゃ、響さんはとても素敵な人だし、奏さんもとても……でも違うから！

「私がしでかしたことのせいで、その超イケメンの双子に誤解を与えてしまったりとか、なかったですか？　私、それが心配で……」

「ないないないない。ないよ。ないない。それは大丈夫だから！　ないから！」

「……よかった……」

私の全力否定に、朱音さんがホッとしたように息をつく。

「……そんなことないと思うけどぉ？　千優ちゃんは気がついてないかもしれないけど、

あの二人って……」

「――ヨシくん、これ以上いいかげんなこと言わないで。相談に乗ったお礼がそれなの？　恩を仇で返すつもりなら、私にも考えってものがあるからね」

ヨシくんが眉をひそめて何やら言いかけたけれど、それを遮ってピシャリと言ってやる。

「志保に泣きついてやるから」

「っ……！　そ、それは待って！　わかったわ！　もう言わないから！」

一気に顔色を失くして、ヨシくんがブルブルと首を横に振る。――わかればよし。

「や、やめてよ。あの子ってば、千優ちゃんのことが大好きすぎる『千優ちゃん過激派』なんだから。千優ちゃんを泣かせた時の報復なんて、想像したくもないわ……」

ヨシくんが震え声で言う。だったら、変なこと言わないでよ。もう！

私はそっと息をついて、朱音さんに視線を戻した。

「ありがとう……。そこまで嫌な思いをしたわけじゃないけれど、でも謝ってくれたのは純粋に嬉しいな」

「許してもらえるんですか？」

「もちろんだよ。繰り返すけど、そこまで嫌な思いはしてないし。それよりも、これから仲良くしてくれるほうがよっぽど嬉しい。ヨシくんとは一生いい友達でいるつもりだから、望月さんとも長いつきあいになると思うし」

私は片手を差し出して、にっこり笑った。

「同じ歳だし、千優でいいよ。よろしくね」

「っ……！　はい！　私のことも、朱音で……」

朱音さん――朱音ちゃんが、差し出した手を両手で握って、嬉しそうに笑う。

私はふと思いついて、ギュッと朱音ちゃんの手を握り返した。

「訊いていい？　朱音ちゃんは、男と女――どっちのヨシくんを好きになったの？」

「……！」

思いがけない質問だったのか、朱音ちゃんが少し驚いた様子で目を見開く。その後ろで、ヨシくんもピクンと身体を震わせた。

それもそのはず。だってそれは、まさに昨日、ヨシくんが吐露した不安そのものだもの。

朱音ちゃんを好きになったのは、男としてか。女としてか。

朱音ちゃんが受け入れてくれたとしたら、それは自分を男として見てなのか、それとも女として見てなのか。

それを――よりにもよって昨日の今日、しかも本人の目の前で朱音ちゃんにぶつけたのだから、デリカシーがないと怒られても仕方ないと思う。

でも、私には確信があった。彼女はそんな問題（こと）、ものともしない人だって。

朱音さんが真っ直ぐに私を見る。

そして思ったとおり、微塵も悩むことなく、きっぱりと答えた。

「どちらでも同じかな！　男性でも女性でも、私にとっては世界一素敵な人で、大好きな人であることには変わりがないから！」

それはそれは――最高に幸せそうな笑顔で。

桜舞い、芽吹く想いは春の色

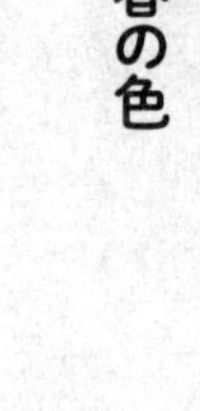

❶

大気はぽかぽかと温かく、まばゆい光にあふれて、若々しく爽やかな緑と色とりどりの鮮やかな花々が咲く、春――。

力を増してゆく太陽に誘われるように、すべての生きものが活力をみなぎらせる時季。虫たちは起き出して、鳥たちも歌う。日に日に昼の時間が長くなって――これでわくわくしないわけがない。

けれど、実は春はとても体調を崩しやすい季節でもある。

暖かくなったり、かと思えば急に寒くなったり。一枚羽織るか羽織らないかで、いつも悩んでしまう。変化が激しいのは気温だけではない。気圧もだ。私も気圧の急降下による頭痛によく悩まされる。

花粉も忘れてはいけない。花粉症患者は年々増えていて、今や国民病と言われるまでに。

重症化すれば、くしゃみや鼻水、鼻づまり、目の痒み以外にも、頭痛や眩暈、食欲不振、喉の腫れや咳など——様々な症状に悩まされることになる。

そして実は、身体のサイクルは年ではなく年度のほうに合っているものなんだそうで、寒さが厳しい冬を乗り越えた春にこそ、一年の疲れがどっと出るものらしい。

それなのに、春は進学に就職など、今までの環境がガラッと変わったりもする。精神も身体も新たな環境にひどく緊張し、それによって大きなストレスを抱えてしまうことも。

そうでなくとも、年度末に年度始め——春は一年で一番忙しい時じゃないだろうか。

だから何かと注意が必要な季節なんだけど、それでもやっぱり心ときめく。

澄んだ青空と風の中に薫る花の香に、心がざわめかないわけがない。

浮かれてはいけないと思うのに、それでもソワソワしてしまう。

春ははじまりの季節。出逢いの季節。

そして、恋の季節——。

変化を求めて、人の心も疼き出す。

私の——恋に傷ついた心でさえも。

「ねぇ、お願いよっ！」

いつも静かな店内に、ヨシくんの声が響く。

何を騒いでいるのだろう？　私は足早に階段を下りて、『ステラ・アルカ』を覗いた。

「ヨシくん？」

「あ……！　千優ちゃん」

カウンターに手をつき、椅子で膝立ちになって身を乗り出していたヨシくんが「ああ、お昼休憩？　お疲れさま」と微笑む。

だけどすぐに、カウンター内に立つ響さんと奏さんに視線を戻して、「お願いよ！」とさらに言い募る。

私は内心首を傾げながら、ヨシくんの隣に腰を下ろした。

「ええと……？」

「ああ、まかないだな？　すぐに出す」

響さんが私を見た途端、踵（きびす）を返そうとする。

「あぁ～！　ちょ、ちょっと！　アタシの話、まだ終わってないんだけど⁉」

「え？　終わりましたよね？」

「終わったろ。断ったんだから」

奏さんが笑顔で、響さんが無表情で間髪容れずに言う。

私はピンと来て、隣のヨシくんを見上げた。

「ヨシくん、もしかして……？」

「そう！　そうなの！　髪の毛を弄らせてほしいのよ！　カットさせてほしいの！　ねえ、お願いよっ！　このとおり！」

ヨシくんが顔の前でパンッと両手を合わせる。私はため息をついた。

「……ごめんなさい。忘れてました。ヨシくんのサロンはお客さまの九割以上が女性だから、男性にカットモデルを頼むのは確かに珍しいといえば珍しいことだけれど、それでも私にとっては見慣れた光景だ。

一緒に映画に行っても、ショッピングに行っても、ヨシくんの……創作意欲っていうのかな？　こういうのも。それを刺激する美人と出逢うと、すぐに声をかけちゃう。私も志保も、何度ヨシくんのナンパ待ちをしたことか。それぐらい、日常茶飯事。

いや、でも、今回はカットモデルじゃないかも？　これ、完全に趣味のアレじゃない？

ふとそう思った――ジャストタイミングで、ヨシくんが「どこにも出さないから！」と言う。あ、やっぱり？

「お店のHPにもフェイスブックにも、個人のツイッターにもインスタにも上げないわ。どこにも出さないから、お願い！　髪の毛弄らせて！」

「……逆に嫌だ」

響さんがきっぱりと言って、さっさと厨房に入っていってしまう。

「あぁ～……」

ヨシくんががっくりと肩を落とす。そのまま崩れ落ちるように椅子に座り、カウンターテーブルに突っ伏した。

「手強いっ……！」

「…………」

これはまだ諦めていないな？

私は再度ため息をついて、その背中をポンと叩いた。

「奏さんはともかく、響さんはそういうのとても苦手そうだよ？」

「あれ？　僕はともかく？」

奏さんがお湯を沸かしながら、首を傾げる。

「え？　だって、奏さんは社交性がモンスター級じゃないですか。表情筋が常に誤作動を起こしているぐらいですし」

常に誤作動を起こし続けてるって、むしろ誤作動を通常運転にしてるって、ものすごい技術だと思う。常人には絶対にできない。

奏さんなら、美容師さんと、まったく興味のない話でも笑顔で何時間でも話していられるんじゃない？

私がそう言うと、奏さんはあっさりと頷いた。

「できるけどね？」

「……できるんじゃないですか」

「ええっ⁉　じゃあなんでアタシのお願いきいてくれないのぉ⁉」

ヨシくんが弾かれたように顔を上げ、抗議する。

「お代ももらわないし、写真は撮らせてもらうけど、でもどこにも出さないし、お任せと言ったって、スタイリングは相談しつつするから、本人が望まない髪型には絶対にしないわよ？　あなたに似合う髪型を提案させていただきたい！　そして自らの手でそれを作り上げたい！　それだけだもの！」

「わかってますよ？　散々おっしゃっていたので」

奏さんがにっこり笑って頷く。

「僕は別にいいんですけど、僕がOKを出してしまうと、響が断りづらくなってしまうでしょう？『片割れはOKしてくれたよ。ホラホラ、あなたも一緒に』なんて口説き方をさせないためにもね」

「っ……！　そ、それは……」

「どちらかと言うと、天海さんの本命が響のほうなのはわかってますから」

ヨシくんがぐっと言葉を詰まらせる。

そして、参ったとばかりにため息をつくと、テーブルに頬杖をついた。

「……そのとおりよ。響さん、あれ、自分で切ってるんじゃない？」

「えっ⁉」

思いがけない言葉に、思わず目を見開く。

「そうなんですか？」

「うん、そう。自分で適当に。たまに、僕が整えてあげるぐらいかな？」

ええっ⁉　とてもそんなふうには見えないけど……。

「そうだと思ったわー。毛先の処理が雑だし、梳き方もね〜。何より美容師なら、あのヘーゼルの目を隠そうとするはずがないわ。あれだけ魅力的なんだもの。見せないと！」

確かに、響さんは前髪長めだよね。清潔感が失われないギリギリといった感じかも。

「……そう言われるから美容院に行くのが嫌なんですよ。そもそも、響は自分の目が好きじゃないので」

え——？

「なんでですか⁉」

「どうしてよ⁉」

思わず、ヨシくんとともに声を上げてしまう。

「もちろん、人と違うからですよ。小さいころは、それで随分とからかわれたものです。僕のからかわれるだけで済めばいいですが、生意気だって先輩に目をつけられることも。僕のブルネットの髪ですら言われましたからね。本当に染めていないのかって、散々」

「……あー……」

同じように、多数派ではないことで苦労してきたヨシくんが、納得した様子で頷く。

「それはわからないでもないけど……今でもなの？」

「流石にこの歳になれば、人と違うことに劣等感を抱かなくはなりましたが——それでもやたらと珍しがられるのは変わらないので、あまり好きではないんですよ」

「……なるほど」

「それに、響は表情に出さないようにしてるわけじゃなくて、表情が出にくいんですよ。だから誤解されやすい。『不愉快ですか？』『怒ってますか？』『つまらないですか？』と、相手に余計な気を遣わせてしまうたびに、申し訳ない気持ちでいっぱいになってしまう。そうじゃないのにって……。美容院なんて、それが顕著なので」

「ああ、そうね……わかるわ。流石に、直球で『つまらないですか？』なんて訊いたりはしないけれどアタシだって、むっつりしているお客さまにはなんとかリラックスしていただけるように、いろいろしちゃうわ」

「その努力に、充分にリラックスしているけどそれが表情に出にくい響としては、とても申し訳ない気持ちになるわけですよ」

「なるほどね？　わかったわ」

ヨシくんがグッと拳を握る。

「大丈夫よ！　それがわかったんだもの。申し訳ない思いも、居心地悪い思いもさせないから。本当の意味でリラックスして、安心して身体を預けられるようにするから！」

「あ。諦めはしないんですね？」

「諦めないわよ。スタイリングに関しちゃ、筋金入りの変態なの。アタシ」

よくわからない宣言をして、ヨシくんは素早く席を立った。

「前髪は長めのまま、だけど印象が重たくない、清潔感のある、威圧感が出ない、そして響さんを最高にかっこよく魅せるスタイルを提案するから！　絶対に諦めないわよ～！

明日のランチも来るから！　よろしくねっ！」

ヨシくんが片手を上げて、「あ、千優ちゃん、ゆるふわアップにしててもわかるわよ？

毛先が痛んでるわ。お姉さんがトリートメントしてあげるから、今度いらっしゃい！」と言いながら、足早に店を出てゆく。

階段を駆け上がってゆく足音を聞きながら、私は苦笑した。

「やかましいお姉さんですみません……」

「謝ることじゃないよ。常連さんが増えるのは素直に嬉しいよ」

お湯をティーポットに注ぎ入れながら、奏さんがにっこりと笑う。

「楽しい人だしね」

「そう言っていただけると嬉しいです。ヨシくん、ここらへんでは結構な有名人なので、ずっとランチ難民だったんです」

「ランチ難民？」

「完全予約制の店なので、予約の具合にもよりますけど、昼休憩は基本的に一時間です。だから手早く食べたい。かといって、貴重な休み時間です。ホッと一息つきたい。でも、このあたりのお店にランチに行くと、たいてい誰かに声をかけられて、食事が中断しちゃうんです。ヨシくんに憧れる女の子たちやヨシくんの技術に惚れ込む同業者さん、ヨシくんを取材したい人たちとか……」

「ああ、なるほど」

「客商売ですし、無視するわけにもいかないのでにこやかに応対するんですけど、それで食事が途中のまま休憩が終わってしまうことも多くて、一息つくどころの話ではなくて。最近ではお昼はコンビニで買って、お店の事務所で食べることがほとんどだったんです」

それが不憫で、打ち合わせなんかでこちらのほうに来る時は美味しいものを差し入れていたんだけど、それでも狭い事務所内に籠ってるんだもん。リフレッシュできているとはとてもじゃないけど言いがたい。

人の目を気にせず、ゆっくりと食事が楽しめるここは、ヨシくんにとって本当に貴重な場所なのだ。

「ああ、それで今日、ここに来た時、あんなに帽子を目深に被っていたんだね」

「ああ、そうです。ヨシくんが足繁く通っているのを知られたら、『ステラ・アルカ』が意図せず話題になってしまうかもしれないって」

「……それでも来ていただけるのは、ありがたいことだね」

奏さんが嬉しそうに微笑む。『誤作動』の笑顔じゃない。本当に心底嬉しいからこその笑顔。

「ファンになっちゃったそうですからね」

「そのファンを逃がさないために、さらに腕を上げないとね」

冗談めかして言いながら、奏さんが素敵にウインク。奏さんは、本当にこういう仕草がさまになるなぁ。イケメンってずるい。

そんなことを思いながらウインクに笑顔で応えると――厨房から響さんが顔を出した。

「――待たせた」

私を見てヘーゼルの目を細めると、白いスクエアプレートを目の前に置く。

「自家製ハーブソーセージと、自家製ラタトゥイユを添えたウフ・ブルイエだ」

「わぁ！」

まだじゅわじゅわいっている——腸詰めしていないタイプのソーセージ。ゴツゴツした見た目から、しっかりした肉感が伝わってくる。

それとは対照的な、まるでクリームのようなウフ・ブルイエ。フランス語で、ウフは卵、ブルイエはかき混ぜるの意。つまりはスクランブルエッグなんだけど、ウフ・ブルイエは普通のスクランブルエッグと少し違う。

以前、志保と信州に旅行した時に、宿泊したオーベルジュの朝ご飯ではじめて食べて、すごく感動したのだ。直接火にかけず湯煎でゆっくり火を通すからか、本当に口当たりがなめらかで、トロトロで。

響さんのウフ・ブルイエははじめて。あぁ〜美味しそう！

添えられたたっぷりのベビーリーフサラダに、焼いたバゲット。緑と赤と黄色の対比が目に鮮やかで、それだけで十二分に食欲を刺激される。

いただきますと手を合わせて、早速スプーンで卵をすくって、パクリ。

「んん〜っ！　トロットロ！　美味しい〜！」

「千優ちゃん、ウフ・ブルイエを知ってるんだね？」

奏さんがカップにゆっくりとお茶を注ぎ入れながら、首を傾げる。

あまりの美味しさに感動し打ち震えていた私は、うっかり前半を聞き逃してしまって、きょとんとして奏さんを見つめた。

「え……？」

「いや、だって『ウフ・ブルイエってなんですか？』って訊かないから」

「ああ、はい。以前に食べたことがあって。でも、その時のものよりももっと口当たりが優しくて、なめらかで、とろけるようで……。本当に美味しいです！」

「それは、響のウフ・ブルイエは蒸気湯煎だからじゃないかな？」

「蒸気湯煎？」

「ウフ・ブルイエは湯煎で作るところが多いんだけど、響は卵液が入ったボウルをお湯につけない。蒸気だけに当てて、一切のムラができないように、じっくりと時間をかけて、じんわりと優しく、均一に火を通してるんだよ」

「えっ⁉　そうなんですか⁉」

そのオーベルジュでレシピを訊いて、家でもやってみたけれど——湯煎で作るのだって、直火(じかび)フライパンで作るのと違って結構時間がかかるのに。それを、蒸気だけで⁉

「……手間がかかってるんですね……」

「そのほうが美味しいってわかってるからな」

当然だとばかりに、響さんが言う。

当たり前なんかじゃないのに。より美味しくするため、より栄養価を高めるため、より満足度を上げるため、よりお客さまに喜んでもらうため、惜しみない努力ができる。それはとても素晴らしいこと。誰にでもできることじゃない。

誇っていいことなのに。

ましてや、これはまかないなんだから。残っている食材で、手早く簡単にできるもので構わないのに。

それでも、響さんは一切手を抜かない。いつも、料理と全力で向き合っている。

私は――そんな響さんを素直に尊敬する。

「ああ、幸せ……！」

トーストしたバゲットにクリーム状の卵をのせて、一緒に頬張る。

なめらかな卵の優しい甘さと、ふんわりとしたバターの風味、香ばしいカリカリ食感がなんとも楽しい。

自家製ラタトゥイユも、ほかの店のものよりトマトの味が濃くて、『星の匣』オリジナルのハーブ塩がきいていて、卵にもパンにもよく合う。

「ああ、本当に！　響さんの魔法は美味しい！」

「……大げさだな」

響さんが目を細める。

それだけの——実にささやかな変化。言葉もぶっきらぼうで雑。だけど、わかる。彼がとても喜んでいることが。

私はにひっと笑った。

「響さんは、感情自体は豊かで、とても素直ですよね。確かに、表情には出にくいのかもしれませんけど。——照れなくていいんですよ？」

「……！」

私の言葉に、響さんがわずかに目を見開く。

そのまま数秒ポカンとしたあと、困ったような——なんとも言えない表情をする。

それも、よく見ていれば気づく程度の変化だったけれど、私はさらに笑って同じ言葉を繰り返した。

「照れなくていいんですってば」

「……照れてない」

眉を寄せたまま、フイッとそっぽを向いてしまう。ふふふ。照れてる。照れてる。

「響のこと、そんなふうに言う娘ははじめてだなー」

ニヤニヤしていると、奏さんが目の前にガラス製のティーカップを出してくれる。

満たされていたのは、淡く明るい金色の液体。ふんわりとリンゴに似た甘い香りがする。

「これは……？」

「カモミールティーだよ。ほんの少し、蜂蜜を足してある。血糖値を下げてくれる上に、女性には嬉しい効能がたくさん。リラックス効果も高いから、ホッと一息ついてね」

奏さんがニッコリ笑う。

私は「ありがとうございます」と頭を下げて、カップに指を絡めた。

「そうですか？　響さん、わかりやすいと思うけどなぁ。奏さんは表情は出るけど、全部笑顔ですからね……。笑顔で武装している分、逆にわかりにくいです。少なくとも、私には。感情自体も、ちょっとひねくれているというか……」

「よくわかってるじゃない」

「あ、やっぱりそうなんですね？」

「褒められたら、素直に喜ぶのが響。だけど、それが表情に出にくい。態度も照れ隠しもあって、雑になりがち。でも、社交性は抜群だから、褒められたら、何か下心があるんじゃないかなんて考えるのが僕。満面の笑みで大げさなほど喜んでみせる」

――堂々と言うことですか。

「大事な娘が傷つけられたら、怒って相手につかみかかるのが響。笑ってその場を治めて、社会的に抹殺すべく、過去の炎上案件を探し出してばらまくのが僕」

「……怖……」

冗談に笑いながらも――ドキリとする。

大事な娘……。響さんにも、そういう人がいるんだろうか？

いや、いないわけないよね？　こんな素敵な人なんだもん。

胸のチクンとした痛みに気づかないふりをして、ソーセージにナイフを入れる。

恋は、当分いい。もうしばらくは、そういった感情とは無縁でいたい。

まだ、荒木さんの件が解決したとは言いがたいし……。

私はソーセージを口に入れて、目を閉じた。

傷も癒えてはいないから。


「――そうだ。千優ちゃん。今度の火曜日なんだけど、花音さんがお花見をしないかって。上で、その話聞いた？」

奏さんが、不意に話題を変える。私はハッとして顔を上げた。

「え？　いいえ。まだ聞いてないです」

「そう？　花音さんがお花見をしたがって。ホラ、あの人、イベントごとが大好きだから。店が休みの日にしようって話になったんだけど、どうしても千優ちゃんも一緒じゃなきゃ嫌だってごねてね。でも、火曜日って前の会社に出勤する曜日じゃない？」

「はい、そうですね」

「それ、なんとかならないかな？　月曜日と火曜日と土曜日に出勤してるのを、来週だけズラすとか、十九日から有給消化がはじまるけど、先に一日だけ使うとか」

「ええと……多分できますよ。私がメインで担当していた案件に関してはもうほとんど終わったので、基本的に暇ですし」

「じゃあ、お願いしてもいいかな？　ごめんね？　我儘（わがまま）な母親で」

奏さんが顔の前で両手を合わせる。

「いいえ。むしろ、花音さんにはお礼を言わないと。我儘を言ってくださってありがとうございます。仲間外れにされてたら泣いてました」

「え、そう？」

「だって当然、響さんお手製の美味しいお弁当と、奏さんプロデュースの美味しいお茶が楽しめるんでしょう？　行きますよ。行かないわけがありません。仕事が立て込んでいてヒーヒーいっている状況だったとしても、絶対に行ってました」

ぐっと拳を握って力説する。

「……千優ちゃんって結構食い意地はってるよね」

「……主役は桜のはずなんだがな」

「私、何も持っていかないので、場所取りなら任せてください。……って、どこでお花見するんですか？　生田川ですか？　王子公園ですか？」

「生田川だよ。ぬのびき花街道」

生田川は、六甲山（ろっこうさん）系摩耶山（まやさん）や石楠花山（しゃくなげやま）を水源とし、新神戸駅を経て神戸港へと流れる川。

新神戸駅の正面から南へ一・六キロ——その川沿いは公園となっていて、市民の憩いの場となっている。

とくに河川沿いの桜は『ぬのびき花街道』と呼ばれ、このあたりでは有数の桜の名所。この季節にはさくらまつりが開催され、夜にはライトアップもされて、それはそれは——夢のように綺麗なのだ。

「広いですし、河川に下りる階段とかだったら場所取りしなくても大丈夫でしょうけど、やっぱりお弁当を広げられる場所がいいですもんね？」

「そのほうがいいかもね。千優ちゃんにとってはそっちがメインみたいだし」

え？　誰にとってもそうでしょう？　花より団子なんて言うし。

「じゃあ、任せてください。いい場所確保します」

私は響さんと奏さんを見上げて、にっこりと笑った。

「ものすごく楽しみにしてますね！」

「千優ちゃん」
「——ッ!?」

頭の上から降ってきた声に、ドクンと嫌な音を立てて心臓が縮み上がる。

う、そ……！

慌てて顔を上げると、そこに立っていたのは——荒木さん。黒のスキニージーンズに、ベージュのチェスターコート。春らしいグリーンのTシャツとめかし込んでいる。

荒木さんは、広げたレジャーシートの上に座る私を見下ろすと、にこやかに笑った。

その笑顔に、一気に血の気が引く。

「……ど……う……」

どうして、ここにいるの？

けれど、その質問をぶつけるより早く、「あ〜！　千優、いた〜！」という——今一番聞きたくない声が響く。私はビクッと身を震わせ、視線を巡らせた。

「せ、先……輩……」

「まさか、見つかるなんてね〜。噂をすればってやつ？」

先輩の後ろには、会社の面々。何？　どういうこと？

私はよろよろと立ち上がった。

「え？　あの……一体……」

「千優、今日は、次の職場の人とお花見するって言ってたじゃない？　懇親会的な意味で誘っていただいたんだって」

確かに、上司にはそう説明した。だから、火曜日と水曜日の休みを入れ替えてほしいと。

「それを、いいな〜ってみんなで話してたの。私たちもお花見したいな〜って。そうしたら荒木さんが、今日のお昼休憩はちょっと長めに取って、生田川沿いを散歩しませんかって提案してくれて」

先輩の隣に立った同僚が、笑顔で言う。

「そうそう。千優もいるかもね〜って話してたところだったんだよ」

「………………」

ゴクリと、息を呑む。

偶然……？　本当に偶然、通りかかったの？

生田川公園はとても広い。お昼休憩の散歩で、くまなく歩けるようなレベルじゃない。

それでも、お弁当を広げられるところが限られてるならまだわかるけど、そうじゃない。

開けたグラウンドになっているところ。遊歩道になっているところ。亭があるところ。

子供たちの遊具があるところも数か所ある。階段状に整備されて川に降りられるところ。

芝生の広場も——選択肢は無数にあるのに。

たまたま荒木さんが選んだ散歩コースと、私が場所取りに選んだ場所が重なったの？

それとも——？

「……ッ……」

ゾクッと冷たいものが背中を走り抜ける。

私がここで場所取りをしていることを知っていて、先輩たちを連れてきた？

このお花見のために休みをズラすことは、先週には上司に伝えていた。そして今日は、三時間前からここにいる。生田川公園にいる私を探してからみんなを誘うことも、不可能ではない――。

流石に、考えすぎ？　疑いすぎだろうか？

「千優、一人？　職場の人は？」

「っ……。さっき連絡があって、場所を伝えたので……そろそろ……」

「あれ？　今日は、千優ちゃんのための懇親会なんじゃないの？　なのに、千優ちゃんが場所取り？」

荒木さんが「上手く使われちゃってない？　心配だなぁ。大丈夫？」と笑う。

その言葉に、思わず奥歯を噛み締める。あなたが――それを言うの？

これほど無神経な言葉があるだろうか。

「……別に、職場の懇親会なので、私のためってわけじゃないです。それに、場所取りは私がさせてくださいって言ったんです。ほかの準備を全部していただくので……」

怒りを必死に隠して、それだけ言う。

「心配していただくようなことは……」

「っていうか、千優。再就職先、どこなの？　近くらしいけど」

「っ……！　それは……」

先輩の爽やかな笑顔に、思わず下を向く。

先輩には、伝えたい。

だけど、荒木さんには知られたくない。

荒木さんとのことを隠したまま、口止めする上手い方法が見つからなくて――私は未だ職場の誰にも『星の匣』で働くことを伝えられていなかった。

「俺も知りたいなぁ。再就職、お祝いさせてほしいよ」

荒木さんがこともなげに言う。その言葉にも、震えが走る。

どうして？　どうしてそんなことが言えるの？　何も知らない先輩の目の前で。ひどく傷つけた相手に。

先輩に対しても、私に対しても、とてもひどいことをしてるって――気づいてないの？

怒り。悲しみ。呆れ。恐怖。失意。幻滅。絶望。胸の内で、様々な感情が暴れる。

やめて。やめて。やめて。もう関わらないで。もう、忘れたいのに！

思わず、両手で顔を覆った――その時だった。

「橘……！」

「ッ……！」

響さんの硬質な声が、私を呼ぶ。

私はビクッと身を震わせて、顔を上げた。

「響、さ……」

響さんが先輩たちの脇をすり抜け、私に駆け寄ってくる。

真っ直ぐに私を見つめる、ひどく心配そうなヘーゼルの瞳に、胸が熱くなる。

「……大丈夫か？」

響さんが素早くレジャーシートに荷物を置いて、私を庇うように荒木さんと相対する。

「あれっ⁉ オーナー⁉」

先輩が後ろを——響さんが駆けてきた方向を振り返って、驚きの声を上げる。

奏さんの後ろで、花音さんが「あら〜。お久しぶり」と先輩に向かって手を振る。

私はホッとして息をついた。

「えっ⁉ じゃあ、千優の再就職先って『星の匣』なの⁉」

由香里先輩が目を丸くして、私を見る。

突然のイケメン双子と美魔女の登場に驚いていたみんなが、一斉に先輩を見る。

「え？ なんですか？ 先輩。『星の匣』って」

「北野にある、魔法とファンタジーがコンセプトの雑貨店。とにかく綿密に作り込まれた世界観が素敵なの。……あ、そっか。先月、千優に紹介したね？　私」

「先月？」

荒木さんが眉を寄せる。

「先月に、はじめて？」

「そう。千優、『同じ』で『対極』っていうリクエストのデザインにすごく悩んでてね？　だから、お店で時々見かける双子の話を教えたの。参考になるかもよって」

その話が初耳だった響さんと奏さんが、同時に私を見る。そういえば、それについては言ってなかった。

「……きっかけは、それです」

響さんを見上げておずおずと言うと、同僚が「はは～ん？　なるほど？」と悪戯っぽい笑みを浮かべた。

「つまり千優は、イケメン双子にハートを撃ち抜かれちゃったと……」

「ッ……！　ち、違います！」

間髪容れず、それは否定する。

ま、間違ってはいないけど、でもそうじゃないです！　お二人の魔法に心を撃ち抜かれたんだもん！

イケメンに惹かれたわけじゃないから！

お二人がイケメンなのは関係ない！

だけど『ステラ・アルカ』のことは内緒なため——それは言えない。違うのに。

「……へぇ」

荒木さんの声のトーンが少し低くなる。

慌てて顔を上げると、荒木さんが響さんに挑戦的な目を向けた。

「確かにイケメンだ。羨ましい。——失礼だけど、何をされている人なのかな？」

響さんがわずかに眉を寄せる。私は焦って、響さんの陰から顔を出した。

「あ、荒木さん……！　失礼なことは……！」

「ああ、ごめんね？　でも、半端なヤツにはあげられないもんだから」

にこやかに笑いながら、冗談めかして言う。

それに、誰も疑問の目を向けない。荒木さんが私の保護者か何かのように振る舞うのは、これがはじめてでもないのもあるからだろう。

それが心地よかった時もあった。大切にされていると、勘違いしていた。

でも、今は——。

「……ッ……」

涙があふれそうになってしまう。鼻の奥がツンとして、唇が震える。

響さんに、申し訳なくて仕方なかった。

「……響さん……ごめんなさい。あの……」

「――申し遅れました」

謝ろうとした私の言葉を遮るように、響さんが静かに頭を下げる。

そして――ジーンズのポケットから財布を取り出すと、中から名刺のようなものを抜き取り、それを荒木さんへと差し出した。

「絵本作家でイラストレーターの、響と申します」

「――っ！」

予想だにしていなかった言葉に、目を見開く。

「え……？」

絵本、作家……？

「同じく絵本作家で、ほかにも様々な文筆業をしております、奏と申します」

ほんの少し離れたところで、奏さんも会社のみんなに頭を下げる。

「絵本作家は、二人でやっています。ご存知ありませんか？　かなで・ひびき」

「っ……！　か……⁉」

全員が目を丸くする。もちろん、私も。

仮にもデザインに携わる人間。知らないわけがない。

かなで・ひびき先生は、今大人気の絵本作家。子供向けはもちろん、大人向けのそれも多数手がけている。

そう――。彩菜ちゃんが持っていた、あの『まじょのお茶会』シリーズの作者だ。

大人向けの絵本は言うまでもなく、子供向けの絵本でも、決して内容は幼稚ではない。イラストも文章も本当に素晴らしくて、大人が読んでもとても癒やされる。

出す本、出す本、大人気。一万部売れれば大ベストセラーと言われてきた絵本市場で、すべての著作が、発行から一年以内に三十万部を突破するという――この出版不況時に、とてもじゃないけど信じられない驚異的な記録を持っている。

当然――様々な賞を受賞しているけれど、二人組という以外は一切何もわからない謎に包まれた作家さんだ。メディア露出も、当然ない。

本人たちが今言ったように、ひびき先生は、響という名でほかにもイラストのお仕事をかなで先生は、奏という名でほかにも児童書を出したり、子供向けの歌の作詞をしたり、いろいろされている。

私はあっけにとられて、響さんを見つめた。

う、嘘……。本当に……？

お話はいつも視点が独特で、表現が細やかで面白く、イラストはリアルとデフォルメのバランスが絶妙で、優しくて繊細で華やか。だから――勝手に女性だと思い込んでいて、『響』と『奏』という名前をセットで聞いていても、考えもしなかった。

「……！」

かなで・ひびき先生の絵本の作風と、悩み、傷つき、助けを求めている人のためだけに存在する『ステラ・アルカ』が私の中で重なる。

もしかして、お二人が『ステラ・アルカ』をやっている理由って——？

「プロフィールは公開してませんので、オフレコでお願いしますね」

奏さんが甘美な唇に人差し指を当て、先輩たちににっこりと笑いかける。

「賄賂には、何を差し出しましょうか？ サイン本とかでいいですか？」

「えっ⁉」

荒木さんを除く全員が、一斉に奏さんを見る。

「えっ⁉ サインいただけるんですか⁉」

「待って。そもそも、かなで・ひびき先生のサインって存在してたっけ⁉」

「み、見たことないよぉ⁉ レアだよ！ 超レア！ いいんですか⁉」

わいわいと盛り上がる先輩たちを尻目に、荒木さんが響さんを見つめる。

「ええと、俺は……」

「……自己紹介はいい」

名刺入れを出そうとするのを止めて、響さんがきっぱりと言う。

「アンタがどういう人間かは、橘から聞いている」

含みのあるその言葉に、荒木さんが口もとの笑みを消す。

そして、不愉快そうに目を細めると、チラリと私を一瞥(いちべつ)した。

「……なるほどね」

その険呑(けんのん)とした目に、思わず身をすくめる。

だけど、荒木さんが口にした言葉の鋭さは、視線の比ではなかった。

「それで同情を引いたの？」

瞬間、頭の中が真っ白に染まる。

私は愕然(がくぜん)として、荒木さんを見上げた。

「……え……？」

私の隣で響さんもまた、信じられないものを見る目で荒木さんをねめつける。

「……お前……」

「先月に会ったばかりで、すぐさま退職を決めて、イケメン作家が出入りする店に勤めることにしたって？　そして可哀想な自分アピールをして、見事ゲットしたってところか。……なんだ。随分軽いんだな。がっかりだよ」

「──ッ！」

息が、止まった。

ガツンと頭を殴られたかのようだった。衝撃と言ってもいい激しい痛みが、全身を貫く。

目の前が真っ暗になり、グラリと足もとが揺らぐ。

だけど私は――ほぼ同時に、瞳を怒りに燃え上がらせ、荒木さんの胸倉をつかみ上げた響さんに、力いっぱいしがみついた。

振り上げようとした、その右腕に。

「っ……！　橘……」

「……だ、駄目です……」

響さんだけに聞こえる声で、言う。ブルブルと震えながら。

駄目。駄目。殴ったりしちゃ、駄目。先輩に荒木さんの所業を言えない以上、響さんが悪者になっちゃう。それだけは、駄目。

「……橘……」

「……駄目です……。お、お願いです。響さん……」

響さんの手は、人を幸せにするためのものです。そんなふうに使わないで。

「…………」

響さんが奥歯を噛み締め、荒木さんを解放する。

その右腕にしがみついたまま、おそるおそる先輩たちのほうを見ると、奏さんが笑顔でサービストークの真っ最中。誰もこちらを見ていなかった。

ホッと胸を撫で下ろしつつ、あらためて荒木さんを見る。

そして私は、私たちだけに届く小さな声で――だけどきっぱりと、今まで言えなかったそれを告げた。

「もう、二度と私に話しかけないでください。荒木さん」

「……！　何を……」

「正直、迷惑なんです。もうつきまとわないでください。関わろうとしないでください。

じゃないと——」

声が震える。ううん。声だけじゃない。全身が震える。

それでも、必死に自分を奮い立たせて、荒木さんをにらみつける。

「私、先輩に全部しゃべります」

「っ……！　君は……」

荒木さんが、ものすごい目で私をねめつける。

本当は、こんなこと言いたくなかった。

こんなことを言わなくちゃいけなくなる前に、終わりにしたかった。

だけど——避けるだけでは、逃げるだけでは、問題は解決しない。

これ以上、『都合のいい女』でいちゃ駄目だ。

自分のためにも。

先輩のためにも。

私を心配してくれる人たちのためにも。

「なんと言われようと、どう思われようと、構いません。私は、あなたとの関係を完全に清算したいんです。円満に別れてくれるなら、すべてをなかったことにするつもりでした。今もそのつもりです」

身勝手な保身と取られてもいい。それでも——私は先輩が悲しむ姿は見たくない。だから、荒木さんとのことはまだ秘めておくつもりだ。少なくとも、今は。

「お願いします。自分が大事だったら……先輩にすべてをバラされたくなかったら……」

脅しと取ってもらっても構わない。これで終わるなら、なんだっていい。

「黙って——私の前から消えてください」

「……っ……」

悔しげに、憎々しげに、荒木さんが私を見つめる。

別れを切り出した時は、あんなに穏やかだったのに。

あらためて思う。あの時の私は、仕事が上手くいったことに勇気をもらい、そのままの勢いで荒木さんに別れを告げた。自分の心にちゃんと決着をつけないまま。

だから、きっと——私の中にまだ残っていた恋心や、弱さや甘さなんかを、荒木さんに見抜かれてしまったんだと思う。

それが、つけ入る隙を与えてしまった。

事実、私は彼が口にした言い訳に少なからず満たされていたし、報われたとまで思ってしまっていた。

別れを口にしても、私は彼にとって、『都合のいい、扱いやすい女』のままだった――。

「……人の恋路を邪魔するつもりはない。アンタが橘に誠実であるなら、俺が言うことは何もない。だが、そうじゃないだろう？　アンタは」

私の肩をそっと引き寄せて、響さんが静かな声で言う。

大きな手は温かくて、優しくて、涙があふれそうになってしまう。

甘えてはいけないのに。これは、私自身が決着をつけないといけないことなのに。

「これ以上、橘を傷つけるつもりなら……侮辱するつもりなら……」

言葉途中で、先輩の「どうしたの？」という声がする。ビクッと背を弾かせてそちらを見ると、奏さんが「皆さん、移動するそうですよ～」と笑顔でこちらに近寄ってくる。

「……！」

奏さんの身体が、私たちから先輩を隠す。

それに気づいた響さんが、再び苛烈な目を荒木さんに向けた。

「俺らにも考えがある」

「――そういうこと」

奏さんが荒木さんに歩み寄り、密やかに言う。いつもの――あの笑顔で。その身体で、巧みにみんなの視線を遮ったまま。

「ほら、行きなよ。それとも、ここで修羅場を演じる気？」

荒木さんがハッとしたように身を震わせて、先輩たちのほうを見る。

その瞳に一瞬走った怯えの色を、魔法使いは見逃さない。

「響の言葉、ちゃんと肝に銘じておきなよ？　じゃないと——」

その肩に手を置いて、奏さんが鮮やかに微笑む。

「バレるのは、千優ちゃんの件だけじゃ済まなくなるかもよ？」

「ッ……！」

「……じゃあね。笑顔の仮面を忘れずに」

ポンポンと念を押すように肩を叩いて、奏さんが道を開ける。

荒木さんは青ざめたまま、それでも無理やり笑顔を浮かべると、足早に先輩のもとへと向かう。

「じゃあね！　千優～！　今度お店で頑張る千優も見に行くからね！」

先輩が笑顔で手を振る。上司も、同僚たちも。

私も、なんとか笑顔を作って、手を振る。

だけど、荒木さんはもう私を見なかった。

その目が、再び私を映すことはなかった。

「…………」

終わったんだよね……？　もうこれで、大丈夫だよね……？

小さくなってゆく背中をぼんやりと見つめてそんなことを考えていると、奏さんが私の肩をポンと叩いた。

「言っておいてよかったね。ちゃんと止めてくれた」

「え……？」

なんのこと？

首を傾げると、奏さんが「僕らの性格の違いを教えておいたでしょ？」と微笑む。

「……あ……」

『大事な娘が傷つけられたら、怒って相手につかみかかるのが響。笑ってその場を治めて、社会的に抹殺すべく、過去の炎上案件を探し出してばらまくのが僕』

そうだ。確かに以前、そんなことを……。

私は唇を噛み締め、フルフルと首を横に振った。

「……響さんのために、止めたわけじゃありません……」

「誰のためとか関係ないよ。千優ちゃんが止めたから、響はゴミを殴らなかった。それが重要なの。それだけがね」

奏さんが大仰にため息をついて、「意外に、激昂して手が出ちゃうのは響のほうなんだ。普段は仏像みたいな表情してるのにね」と肩をすくめる。

「だ、だって……響さんが悪者になっちゃうのは、嫌です……」

出版業界のことはよく知らないけれど、でもどんな理由があろうと暴力事件を起こせば、仕事に影響が出るのは必至だろう。ましてや子供たちに夢を、大人たちに癒やしを与える仕事となれば。

それだけは、駄目。絶対に。

「それに、イラストレーターとしても、シェフとしても……大事な手です。怪我をしたら大変です。そうでなくとも……響さんの手は人の心を癒やすためのものです。あんな人を殴るためなんかに、使ってほしくない……」

「それって、響のためじゃないの？　そう聞こえるけど」

「……違います。あそこで騒ぎになったら、困るのは私ですから」

間違いなく、百パーセント、自分のために止めたんです。

騒ぎになって、荒木さんとのことが先輩の知るところになったら、私が困るから。

響さんのクリエイター活動に影響が出たら、私が嫌だから。

そんな綺麗な言葉で片づけちゃ駄目です。

首を横に振ると、レジャーシートでくつろいでいた花音さんがふふと笑う。

「そうよね。千優ちゃんはそういう娘よね」

その言葉に、双子も微笑む。

「まぁ、それならそれでいいよ。こっちが勝手に感謝しておくから。ありがとうね。響を守ってくれて」

「いえ、あの、だから……」

「お礼に、俺たちも橘を守るから」

大きな手が、私の髪をくしゃくしゃとかき混ぜる。

「わ……！　い、いえ、だから……」

お礼を言われるようなことは、まったくしてませんってば。

「よく言ったな。よく頑張った」

「っ……！」

それだって、褒めてもらえるようなことじゃない。

馬鹿だったのは私。この結果を招いたのは私自身。

だけど——。

「……ふ……」

その手の温かさに、優しさに、たのもしさに、堪えていたものが決壊する。

私は両手で顔を覆った。

人目も憚(はばか)らず嗚咽(おえつ)をもらす私の肩を、奏さんが優しく抱く。

きっと道行く人たちは、何ごとかと私を見ていることだろう。

けれど、そんなこと構わず髪を撫でてくれる響さんの手も、温かい。

響さんに、奏さんに、花音さんに出逢えて、本当によかったと思う。


春の爽やかな風が吹き抜ける。

青空を彩る満開の桜が、ひらひらくるりと舞う薄紅が、涙で滲む。

それは息を呑むほど美しくて、少しだけ切なくて――。

涙があとからあとからあふれて、止まらなかった。

「う……。すみません。本当に……。せっかくのお花見なのに……」

私、二度目だ。二人の前で、わんわん泣くの。

恥ずかしい。そして――情けない。

レジャーシートに座り込み、どんよりと落ち込む私の頭を、花音さんがクスクス笑って撫でてくれる。

「いいのよ。泣くのもストレス解消であり、アンチエイジングなのよ？　むしろ、我慢はよくないわ。泣く時は、思いっきり！」

それにしたって、TPOってものがあると思うんです。

「そんなに気を遣わないで大丈夫よう。さ、千優ちゃん。いっぱい泣いてスッキリしたら、次は楽しいことしましょ！」

花音さんが笑顔でパンと手を叩く。

それを合図に、響さんと奏さんが私の前にお弁当を広げる。

「……う、わぁ！」

瞬間、どん底まで沈み込んでいた気持ちはどこへやら。感嘆の声を上げてしまう。

たっぷりの具材を挟み込んだ、うっとりするほど綺麗な断面のサンドウィッチ。食材の色が実に鮮やかで、インスタ映えどころの話じゃない。これはもう間違いなく芸術の域。

いわゆる『萌え断』というヤツに、ぐうっとお腹が鳴ってしまう。

そして、こちらも断層が惚れ惚れするほど美しい、メイソンジャーサラダ。

以前に食べた、自家製のハーブソーセージのグリルに、ナゲットがたっぷり。

「サンドウィッチは、自家製鴨のパストラミ×クリームチーズ×塩もみした紫キャベツとニンジン。アボカド×シュリンプ×ディルを使った卵サラダ×たっぷりレタスの二種」

「じ、自家製……？」

鴨のパストラミって、家庭で作れるの？

「……でも……」

「ジャーに入っているのは、干し野菜のマリネ。二色のパプリカ、ズッキーニ、しいたけ、エリンギ、プチトマト、ナス、れんこん、ニンジンを薄切りにして半日ほど干してから、マリネ液に漬けたものだ。野菜の味がグッと濃くなって美味しい」

「そして、うちのオリジナルのハーブナゲット。千優ちゃんは、はじめてだったよね？　スパイシーで美味しいよ」

「わ、わ……」

ど、どうしよう。反省しなくちゃいけないのに――心が躍ってしまう。

楽しいお花見気分を台無しにしちゃったお詫びもまだしていないのに。

ああ、本当に。なんの憂いもなく、素直に感激して、飛びつきたかった。

「――千優ちゃん」

その素晴らしすぎるお弁当を前に、もうどうしていいかわからずフリーズしていると、花音さんがクスクスと笑って、プラスチック製の可愛い桜の形をしたお皿とピンクのカトラリーを差し出してくれる。

「……花音さん……」

「自分を磨くということは、外見を飾り立てることではないのよ。自分を大切にすること。愛(いつく)しむことをいうの。自分を大事に愛(いと)おしみ、なりたい自分に近づくこと。それこそ、幸せをつかむ第一歩なの」

「え……？　自分を……大切に、愛しむ……？」

「そうよ。だって、いくら私たちがお客さまを癒やして差し上げたいと思っても、本人にその気がなかったら、どうしようもないでしょう？」

「……あ……」

私は頷いた。それは、確かにそのとおりだ。

「だから、間違いを犯したからといって、自分を駄目だと切り捨てては駄目。守る価値がないなんて思っては駄目。愛されて幸せになる資格がないなんて、そんなことを考えては駄目よ。それこそ、大きな間違いよ。自己愛は、確かにすぎれば毒になってしまうものだけれど、絶対に失くしてはならないものなの。幸せになるためにはね」

「っ……」

間違いを、犯したからといって——。

花音さんの言葉に、私は唇を噛んだ。

間違いを犯したのに、先輩にとてもひどいことをしたのに、のうのうと楽しんでしまっていいの？　本当に？

そんなこと、許されるの？

「……こんな私でも、ですか……？」

「過ちを反省することは大事よ？　千優ちゃん。だけど、それで自己評価を『こんな』にしてしまっては駄目。それはね？　立ち止まることと一緒なの」

「立ち、止まる……？」

「そう――。『こんな私が』なんて思いは、自分を磨く努力を諦めることにも繋がるわ。だって、千優ちゃんには、磨くほどの価値がないってことだもの。『こんな私には』ね」

「あ……」

「大いに反省はしたらいいのよ。でも、自分を大事にすることをやめては駄目よ。反省と自分を必要以上に責めて虐めることを、同じと思ってはいけないわ。ね？　自分を大事に愛しんで、もっと自分を好きになれるように――なりたい自分になれるように、磨くの。楽しみながらね」

「楽しみながら……」

「そうよ。ハーブの香りを楽しみながらのバスタイムは、楽しいし癒やされるでしょう？身体にいい美味しいものを食べるのは、楽しいでしょう？　自分に合った方法で爽やかな汗をかくのも、マッサージで身体をほぐすのも、ふかふかのお布団でゆっくり眠るのも、ストレスを溜めないように、日ごろから工夫して癒やしの時間を作るのも、ちょっとだけ奮発しておしゃれをするのも、全部楽しいでしょう？」

「っ……」

ああ、そのとおりだ……。

「失敗を経験値にする。二度と同じ過ちをしないようにする。それも自分磨きの一つよ。意図せず――ではあったけれど、千優ちゃんは間違いを犯したわね？　でも、自分なりに考えて、決断して、問題に向き合い、対処したわ。そして一応、これで解決した。自分の気持ちにも決着をつけた。じゃあ次は、それを糧にしなきゃ。その経験を無駄にするのは、それこそ愚かなことじゃない？」

「……！　はい……」

「この経験を糧にして、成長しましょう。それこそが正しい『反省』だと、私は思うわ。どれだけ泣いても、鬱々とした気持ちを抱えて引きこもっても、一ミリも成長しなければ、それは『反省した』とは言わないと思うわ」

「はい」

花音さんの目を真っ直ぐに見て、頷く。

そんな私に満足した様子で、花音さんがにっこりと笑った。

「思いっきり泣いたのだから、次は精神と身体に栄養を与えましょ。精神に『楽しい』を。身体に『美味しい』を。そして美しいものを見て、ゆったりした時間を過ごして、活力にあふれた状態で、『考える』の。どうしたら同じ過ちを繰り返さないようにできるか。その方法を自分なりに見つけたら、今度はそれを実行できる自分になるべく、努力するのよ。自分を磨くの！　千優ちゃんがやるべきことは、それ！」

「はい！」

再度大きく頷くと、花音さんが「んん！　いいお返事！」と私の頭を撫でてくれる。

「さぁ、食べるわよ！　響ちゃん、めちゃくちゃ頑張ったんだから。ねぇ？」

「――ああ」

響さんが真面目くさった顔で頷いて、私を見る。

「鴨肉は『ビューティミート』と呼ばれるほど、女性に嬉しい栄養が豊富に含まれている。ビタミンB群は細胞の再生に重要な栄養成分だ。美肌や美髪、美爪には絶対欠かせない。女性に不足しがちな鉄分も豊富。そして、鴨肉の脂肪は、不飽和脂肪酸の含有量が高い」

「不飽和脂肪酸？」

「血液をサラサラに保ってくれる。動脈硬化の予防や高血圧にいいんだ」

「……へぇ……」

「アボカドも、ノンコレステロールの不飽和脂肪酸。食物繊維が豊富で、脂肪を分解するビタミンB2もたっぷりだよ。血液をサラサラにしてくれて、整腸作用があって、しかも脂肪を分解してくれる。ダイエットの味方」

「それに、リノール酸とリノレン酸も含まれていて、お肌を乾燥から守ってくれるの～。細胞を作るのに欠かせない葉酸も豊富だし、他にも解毒作用、ガン予防、動脈硬化予防、高血圧予防に効果がある栄養素がたっぷりなの。アボカドは本当に栄養の優等生！」

「干し野菜のマリネも、疲労回復、貧血予防、美肌……そのほかいろいろな効果がある。サンドウィッチも野菜たっぷりだし、オリジナルハーブのナゲットも、皮を取り除いた鶏胸肉と豆腐を使っているし、揚げ油はオリーブオイルだ。ヘルシーだからたくさん食べてくれ」

「……最強すぎませんか？」

これ以上はないというほど栄養満点で、美容効果も高く、しかもヘルシーって。

唖然とする私に、響さんがわずかに目を細める。

「アンタの『反省』にはもってこいだろう？」

「っ……」

ドキンと、大きな音を立てて心臓が跳ねる。

頬が熱くなるのを感じて、私は慌てて視線をそらした。

な、なんだろう？　変だな。すごく……ドキドキする。

「そして飲みものは、ちょっと奮発してこんなものを用意してみました」

奏さんが保冷バッグから、小さなワイン瓶のようなものを取り出す。

「え……？　ワイン……ですか？」

「そう見えるでしょ？　でも違う。これ、紅茶なんだ。ボトルドティー」

「えっ⁉」

びっくりして、ボトルを見る。どこからどう見てもワインにしか見えない。ものすごくおしゃれだ。

「テドールという商品でね。上質のワインと同じように、料理に合わせて香りや味わいを楽しむというコンセプトのもと作られているんだ。その中の、『いぶし』という——燻製紅茶のボトルドティー」

「燻製紅茶？」

「紅茶をヒノキでスモークしてるんだよ。ウイスキーにも似た独特の芳香で、美味しいよ。ハーブの香りにも負けない。鴨肉にもチーズのクセにも。負けないだけじゃなく、すごく合う。響の料理とのマリアージュは最高だよ」

「でも紅茶って、すぐに味が劣化するし、香りも飛んじゃうから、基本的に作り置きには向かないって、前に……」

おずおずと言うと、奏さんが「よく覚えてたね」とにっこり。

「そうなんだけど、これが驚くほどのクオリティ。本当に美味しいんだよ」

「っ……！　うわぁ……！」

ああ、ときめいてしまう。でも、仕方ないよね？　こんな素晴らしいものを前にして、暗い顔なんてしてられない！

もちろん迷いが完全に晴れたわけじゃない。まだどこかに、先輩に荒木さんとのことを話さないのは間違ってるんじゃないかって思いがある。

先輩がどれだけ悲しむことになろうと、苦しむことになろうと、すべてを話すべきなんじゃないか。

自分の後輩に手を出す人と、本当に一緒になっていいのか——。先輩が考える余地を、私は不当に奪ってしまっているんじゃないか。

結婚後に、荒木さんがまた浮気したら、それが発覚したら、その時私は思わないだろうか？　先輩に話しておくべきだったと。詰られても、責められても、縁を切られても——十年後、先輩が幸せであるために。

だけど——おそらく、それに正解なんてないんだと思う。

どれだけ考えたところで、ない正解にはたどり着けない。

きっと私には、自分が選んだ『答え』がもたらした『結果』を受け入れることしかできないんだと思う。

だったら、花音さんの言うとおり、じっと下を向いて考えてたって、無意味だ。

そして、後ろばかり振り返っているのは、愚かだ。前を向かなきゃ。

「っ……」

ああ、そうだ。誰かを幸せにしたい——。

そう思って、『星の匣』で働くことに決めたはず。

私自身が幸せになる努力をしないで、誰を幸せにできるというの？

「…………」

トクンと、心臓が高鳴る。私は口もとを綻ばせた。

頑張ろう。

自分を大切に愛しんで、なりたい自分になろう。

誰かを幸せにできる、自分に。

奏さんや響さんのような、魔法使いに。

「じゃあ、いただきます！」

おてふきで手を拭いてから、その手をしっかりと合わせて、鴨のサンドウィッチを手に取る。

ニンジンのオレンジと紫キャベツの紫、クリームチーズの白。サラダ菜の緑。そして、自家製鴨のパストラミの赤。食欲をこれでもかと刺激する、断面――『萌え断』。

私はしっかり口を開けて、かぶりついた。

「っ……！　んん～っ！」

一気に、幸福感が胸を満たす。

ああ、もう！　『ステラ・アルカ』の魔法は、美味しい！

本作品に関するご意見、ご感想などは
〒101-8405
東京都千代田区神田三崎町2-18-11
二見書房 サラ文庫編集部 まで

本作品は書き下ろしです。

ステラ・アルカへようこそ
～神戸北野 魔法使いの紅茶店～

著者 烏丸紫明

発行所 株式会社 二見書房
東京都千代田区神田三崎町2-18-11
電話 03(3515)2311［営業］
03(3515)2314［編集］
振替 00170-4-2639

印刷 株式会社 堀内印刷所
製本 株式会社 村上製本所

ISBN978-4-576-20001-9
https://www.futami.co.jp/